かずよ

一詩人の生涯

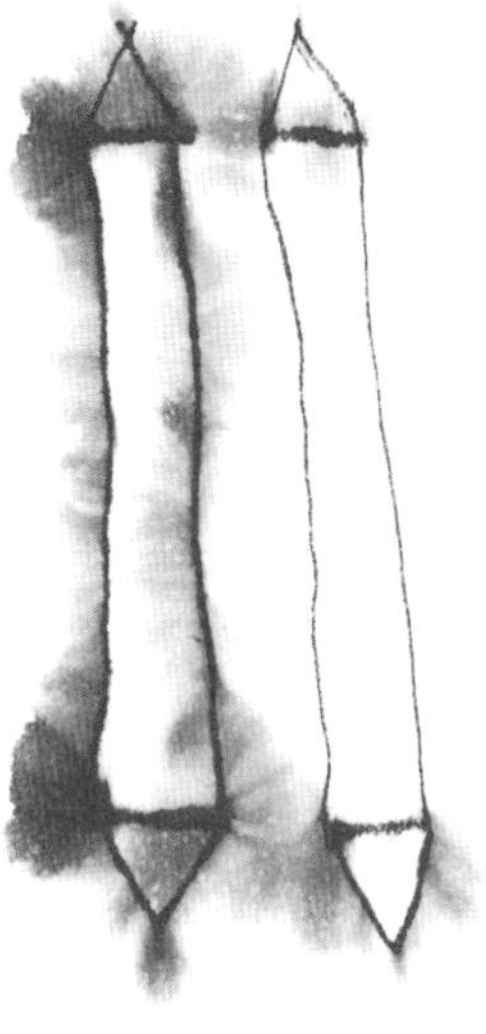

水上平吉
Mizukiami Heikichi

石風社

カバー・大扉挿画　久冨正美

はじめに

ぼくは今、ふしぎな世の中にふしぎと生きている気がしている。そのぼくにとって最大のふしぎは、かずよと出会い、結婚したことではないかと思っている。ぼくの残された時間はもう限られている。「かずよさんのことを書きなさい」と、故今西祐行さんはじめ何人かの作家たちに言われたことが、耳の底にこびりついている。

ぼくは、ぼく自身について、どれほど文章化することができるか、自信はない。まして他人であったかずよの生涯について語ることは至難のわざと思える。だが、かずよ自身が書き残したもの、かずよについて書いてくださったいろんな方々の言葉に拠《よ》りながら、かずよ像に迫る努力はできそうだし、しなければならないと思っている。

かずよの一行詩「ねぎぼうず」が、二〇〇五年度から使用されている光村図書の小学校教科書「国語五下大地」に、まど・みちおの「ケムシ」、ジャン＝コクトーの「耳」、ジュール＝ルナールの「蝶」とともに掲載された。これはもう世界的な詩人の仲間入りをしたとみていいだろう。このことも最大級のふしぎだった。

なによりも、かずよが喜んだことだろうと、ぼくは思った。喜びのあまりかずよは逆立ちして、地球を持ち上げたような気分に浸ったことだろう。事実、かずよは難病を克服しようと、赤いタイツ姿で逆立ちをしたり、ヨガのまねごとをしていた。

かずよのことを書こうとすればするほど、ぼく自身のことをさらけだすことになりそうだ。恥も外聞もなく、恥をさらしたところでどうということはない。つまるところは、かずよの生き方、かずよの真実にどれほど近づけるかであろう。

かずよと暮らした三十年間は、まさに至福の時代であった。もちろん、けんかもしたし、困ったこともあった。そんなこともひっくるめて三十年の歳月を思い出しながら、できるだけ具体的に書きやすいところから書いてみたい。

結婚以前のことは、かずよの書き残したものを中心に、近親者、師友の話に耳を傾けながら、想像力も働かせて、生き生きとした少女像になればと思っているが、おぼつかない。ともあれ、最愛の女《ひと》であり、今は女神のような存在である。「がんばれ！　平吉」と、ムチをふりふり格闘してみよう。

先にあげたジャン＝コクトーの「耳」は、「私の耳は貝の殻／海の響きをなつかしむ」という短詩だが、かずよとぼくにとって、なつかしい詩であった。かずよがこれほどの詩人になるとは思いもおよばない時に、この詩を共通の財産としたことも奇しき縁だったのかもしれない。勤めの出張で沖縄に旅をしたとき、大きな貝を土産にした。かずよに喜ばれたことも、今は昔の物語となった。かずよの詩をあげておこう。

貝のうた

はるばる　とどいた
沖縄からの
大きな　まき貝

すべすべした
手ざわりを
耳にあてれば

満ちた潮が
あたしの胸をおすの

波のひだの　一つ一つに
別れてきた　さみしさ

うずまく　潮流に
さからった　愛

わすれられぬ　とおい日を
ここで　うたっていたのね

しおん　しおん
しおん　しおん

ほら
こんなにも
すずしそうに　ひびくことよ

かずよ　一詩人の生涯＊もくじ

III　かずよの青春

Ⅳ　初めての詩集

Ⅰ　出会い

平吉と出会う前のかずよ（昭和32年）

児童文学との出合い

ぼくはもともと児童文学に関心がなかった。貧しく子だくさんの家庭に育ったので、本を買ってもらったこともなければ、読み聞かせてもらったこともない。ぼくにとって文化的なものといえば紙芝居だけだった。紙芝居を観るために、昆布か水あめを買う小銭があれば最高だった。ないときは後ろのほうで小さくなって、盗み観るのだった。

当時の義務教育、高等小学校を卒業すると同時に就職するのに、なんの抵抗感もなかった。電気器具製造の会社と長兄が勤めていた朝日新聞西部本社の就職試験を受け、両方とも合格した。新聞社では主に印刷局の要員の採用で、高小卒の入社はぼくらが最後だった。ぼくは長兄が編集局の給仕・原稿係をしていた関係からか、男子ではただ一人、編集局に配属された。

社内に戦時中からの名残りと思われる青年学校があって、義務教育のようだった。働きながら学ぶという仕組みだ。戦後の学制改革など激しい動きの中で、青年学校卒だけでは将来展望はない。新制の高校から大学を目指せと先輩たちにあおられて、私立常磐高校、市立北九州大学外国語学部中国科と進んだ。

大学三年生のとき、六〇年安保闘争へのうねりと思われる学生運動の嵐が北九州にも吹きこんでいた。仕事を持っているぼくには無縁のことに思われたが、中国の現代文学や革命の動きに関心を持つ立場から無視もできなかった。学生たちの座りこみに、友人との話もあって、ちょっぴり参加した。これが退学処分になろうとは思いもつかないことだった。

まあ、仕方ないかと思ったのだが、さすがに人の目には、しょんぼりしていたらしい。そんな時に、ふしぎなことが起こってくるものだ。速記者(当時は原稿の受信は主に電話で、速記者が記号みたいな速記で受け止め、原稿に書き直して出稿していた)の白仁田宗太さんが、ぼくに声をかけ、児童文学誌「小さい旗」の勉強会に誘ってくれた。なんのことかよくわからなかったのだが、日ごろから尊敬できる人と思っていたので、言われるままに参加することにした。

それは幼稚園の一室だったと思う。若い女性が自作の童話を読んで、みんなで合評するのだが、その優しく、あったかいムードに、ぼくは別世界に来たような新鮮な驚きをもった。あわただしく職場と学校を往き来し、電車の中で読書に励み、なにかに追いまくられていたような、殺伐とした日常から、ふっと、夢の世界にひたったような感じだった。

すっかり魅了されたぼくは、帰り道で、主宰者の白仁田さんと創立同人の町本(毛利)広さんに、「ぼくも中国の童話を翻訳してみましょうか」とつぶやいた。

「それはいい。ぜひやりたまえ」と励ましを受けた。

ぼくの最初の翻訳「三娃《さんわ》と小さな金色の馬」は「小さい旗」2号に掲載された。児童文学者協会理事長の関英雄さんから「訳文は生硬だが、貴重な紹介です。続けて頑張っていただきたい」と励まされた。

児童文学との運命的な出合いは、大学退学処分が機縁だった。大学はその後復学し、半年遅れの卒業となった。

かずよとの出会い

偶然が思いもかけず決定的な結果をもたらすことがある。

児童文学誌「小さい旗」同人となって、もっぱら中国の民話や童話の収集にあくせくしながら、例会への参加を楽しみにしていた。

「小さい旗」創刊は一九五五年十一月で、同人は町本広、高橋さやか、富永敏治、京都志朗、白仁田宗太の五人だった。

一九五八年三月、門司市(当時)の白仁田さんの家での例会に、八幡市で幼稚園の先生をしている浅野多世が友人に勧められたといって参加してきた。「迷子の子りす」という幼年童話を書いてみたので、ご批評をお願いしますということだった。ういういしい少女のような女性の出現に、ぼくは目を見張った。

たまたまテーブルをはさんで、かの女とぼくは向かい合わせに座っていた。だれ一人として知っている人のいない勉強会に、大胆なものだなあという驚きもあって、かの女の自作朗読に聞き耳を立てた。その声が素晴らしかった。幼児教育にたずさわるだけに、明瞭な発声で、いかにも優しそうなムードにあふれていた。

後に、かずよはエッセイの中で、「その目の前でわたしを見つめていた人が主人だったのです。／わたしは、そのまなざしを受けたとき、『あっ、わたしはこの人と結婚する――』と、背すじに走る直感がありました」と書いている。

後日、ぼくはかの女の家を訪ねた。その時、「タヨさんいますか」と、玄関に出迎えた兄嫁に尋いた。「えっ、ああ、かずよのことですね」

「多世」を「かずよ」と読むことも知らずに出向いた、おっちょこちょいというか、あわてん坊でもあったのだが、かずよは喜んでくれたようだった。かずよの家は皿倉山（標高六二二メートル）のふもとにあった。皿倉山にはケーブルカーとリフトがあって簡単に登れる。二人で山に登り、一望できる関門の景観を楽しみ、山の裏側にある河内貯水池へと散策したりした。その山道には野鳥が多く、足元からヤマバトが飛び立ったりして驚かされることがしばしばだった。

このときの思い出を、かずよは詩に書いている。

愛のはじまり

うすむらさきの
ぎぼうしつんで
いつのまにか
おしになっていた

しめったはやしのおわりは
なみになって
かぶさってくる
みどり

のみこまれそうな
くさいきれのなかで
わたしはやまばと

あなたはそっと
てのひらにのせる

おびえてふるう
やまばとのめに
あなたはなにを
のこしていったのか

めをとじても
めをとじても
キラキラキラキラ
かがやいてくる

詩に資質あり

かずよは創作童話から始めたが、「小さい旗」の5号（五八年七月発行）に詩「ベルの瞳」を発表している。
この詩を白仁田編集責任者が大変ほめて、童話はこれからだが、詩の方に資質が向いているのではないかということだった。

ベルのひとみ　　浅野多世

ベルは老より犬です
のっそりのっそり歩きます
しかられるとすぐすわり
ゆっくり

あごをのばします
一日でも二日でも
帰ってこないかと思うと
縁の下にねそべって
何日も何日もうごきません

陽なたぼっこと
小さな子どもが大好きで
大きなあくびもよくします

茶いろのやさしいひとみ
まつげも茶いろ
みつめられると
思わず頭をさすってしまいます

甘えたように
とろけたように
頭をさすればさすられたまま
ひとみをとじてしまってひらきません

ねこが通っても
チョウがたわむれても
ハトがよって来ても
知らん顔

ベルは老より犬です
春の一日
そのひとみをのぞいてみたら
小さな桃の花がうつっていました
ほんとうに

ベルはみていたのでしょうか
小さな桃の花びらを

かずよは中学生の時、短歌や万葉集などに造詣の深い教師との出会いがあり、詩心を育てられていた。「小さい旗」への参加で、児童文学における少年詩、童謡への関心を新たに加えられたようだった。
しばらく童話を書き続けていたかずよだったが、11号(六〇年春)に詩二編を掲載している。

元旦の朝に

あゆみ
あゆみ
それは　若い私たちの長女
やがて来る平和な世界の
建設者。

どこまでも
歩いておくれ
どこまでも
進んでおくれ
正義のために勇気を失わず
怖れずやりとげる力を示して
と。

あゆみ
あゆみ
　このひざの上で
力強くふんばっている小さな足よ
無心にうちふっている小さなこぶしよ
光ある一歩を

じっと凝視《みつめ》ている黒いひとみよ

爽々と
白い元旦の東《しののめ》の空に
世界の夜明けは待っている
新しいこの生命のいぶきを
悪と不正と不純の世の中に
送ろう。
高々ともろ手に抱きあげて
笑いこぼれるこの笑顔を
新しい年にかかげよう

あゆみ
あゆみ
　それは一つの目標。

そして人類の願い。

一九六〇・一・二

大失態

肝心な時に、ぼくは大失態を演じることがままある。人生にとって最大級の場面で、まことにお恥ずかしい大失態を起こしてしまった。

ぼくらのことを感じとってくれた「小さい旗」創立同人の中の紅一点であった高橋さやかさんと、小倉—博多間の列車の中で偶然の出会いがあった。児童文学について、あれこれとご指導いただいているうちに、いつかかずよのことに話題が移った。

「いい人のようですね」

と言ってくれた。こういうことには目の色が変わるのが世の習いらしい。

「よかったら、私から園長（かずよの異母兄で、私立尾倉幼稚園を経営していた）に話をしてみましょうか」

高橋さんは西南女学院短大教授で附属幼稚園の園長もしていた。幼児教育の専門家として幼稚園の父母の会などに講演を頼まれることもあったりして、顔見知りというより、尊敬されていたようだ。まさに好都合であった。話はとんとんと進んでいった。婚約の話し合いにぼくは父を伴い、祝いの酒を持って浅野家をおとずれた。

かずよの兄昌宏は、かずよと十八歳のひらきがあって、かずよの親代わりとして生活をともにしていた。個性派でかなりむずかしい人と聞かされていた。だが、かずよの縁談を了解したうえでの顔合わせだったので、きわめて好意的に迎えてくれて、お酒もおいしく飲むことができた。兄は大変な酒豪であった。

ぼくも、すすめられるままについ飲みすぎた感じがあった。おしっこがしたくなって、玄関わきのトイレに入った。意外なほど暗く、電灯のスイッチを探したが見当たらなかった。男性用便器は入って正面中央にあるものと見当をつけて、ジャーとやったのがはずれていた。

〝穴があったら入りたい〟とは、こういうときにいうのかと、赤面の至り。当惑しきったぼくは、百年(いや、事実は百日あまり)の恋も一瞬にして水の泡ではないかと、凍り付くような冷や汗とともに酔いもさめてしまった。

しかし、かずよは何食わぬ顔で、さっさと掃除してくれた。また懇談の席につつましい笑顔でもどり、給仕の気配りをしていた。

かわいい、とばかり思っていた小柄な女性に、母性愛的な度量を感じ、いとしさが一段とつのったことはいうまでもない。

結婚後に、「奥さんを何と呼んでいますか」と問われることがあった。ぼくは「家の中では〝親分〟と言ってます」と答えていた。こんな失態があったりして、終生頭のあがらない宿六だったのは事実で、ごく自然に庶民的な敬称になったのだと思っている。

ラブレター

三月に出会って、十一月三十日には結婚式を挙げようという、急ピッチの展開となった。まったくふしぎなほどのめまぐるしさだった。

かずよは、そのころのことを「育てられる――主人との出会い」というエッセイに書いている。

「なんとも瞬間湯沸かし器みたいな結婚だったので、一通のラブレターもないことは、なんとしてもくやしいので、結婚する前に、わたしは、『ぜひ一通手紙をくださいい』とたのみました」

ぼくは、一心に手紙を書いた。思えば恥ずかしいほど幼稚なラブレターだったことだろうと、かの女のエッセイを読みながら苦笑いしていた。

闘病に明け暮れていた晩年のかずよは、死期が近づいていることを感じたのか、身辺整理を始めた。それは乱暴なほどに何もかも捨てるということだった。自分の詩が掲載された雑誌なども処分されていた。そんな中でラブレターが残っていようとは思いもよらないことだった。

ところがあったのだ。タンスの引き出しの奥の紙箱の中に、大事にされていた。それは驚きであった。ぼくらの原点といえるものかと思った。かずよの死後、生前の約束として『みずかみかずよ全詩集いのち』を編集、石風社から出版したとき、解説的な一文「愛に生きた詩人　かずよ抄」の中でラブレターの全文を載せた。恥ずかしながら再録させていただく。

多世さん

昨夜はよく眠られました？　わたしたちの完全なる愛情のよろこびで、ぼくはもう、かたときもあなたの側にいられないのが残念でなりません。だれにもわかつことのできない、二人だけのよろこび、身も心も焼きつくし、とかしこんで、ひとつのかたまりとなって、宇宙の外へでもとびだしたかと思われるほどの本能のよろこび、ああ、あなたのものであり、ぼくのものであるはずのよろこび。多世さん、ぼくの心の中に住みこんだあなたを、ぼくは、しっかりと抱きしめ、唇も合わせたままはなしかけるようなつもりで、手紙をかいているのです。

ボートに乗って、ぼくがはじめてプロポーズしたときのこと、おぼえていますか？　あなたのいいお返事がなかったら、沖の方へ、帰らぬ舟出にするつもりだったのかもしれないボートのなかで、ぼくのさびしい表情をおぼえていますか。ぼくは、ものさびしい男です。自分のさびしさにたえられず、がむしゃらに、酒を飲んだこともあります。歩きまわり、とことんまで歩き疲れて、わっと泣き伏し、ねむりこけたいと思ったこともあります。いったい、なぜさびしいのでしょう？　それがわからないのです。

しかし、ぼくは、このさびしさを解決しなければならないと思っています。強固な意志で自分を鍛えなければならないと思っています。

多世さん。なぜ、あなたを好きになったのか？　あなたの質問に答えたいと思います。ことばだけでなく、日々の生活で、いわば、日々のたたかいのなかで。

ぼくが、あらゆる意味において、どんなに貧しい青年であったか、あなたはすでにご存じのはずです。そのぼくが、甘い感傷だけでは、あなたをどうすることもできなかったと思います。あなたの個性がひきつけるもの。もちろん、多分に甘いもので包まれてはいるのだが、ぼくの個性を受け入れる、ただ一人の女性だと信じたからに違いありません。

多世さん。わたしたち二人の結合が、なにを生みだすのか。社会が、歴史が、ぼくたちを注目しているという自負のもとに、すばらしいものを創造するために、がっちりと手をとりあって生活にはげみましょう。

十一月三十日が待ち遠しくてなりません。しあわせな時こそ、しっかりしなくてはと思うのですが、わがままもゆるしてくださいね。

最愛なる多世さん　　　　平吉より

かずよは「密度の濃いものでした」として次のように書いている。

「わたしの生いたちからくる人間不信へつながる不安感みたいなものが、すっきりと洗い流されるものでした」

「長年の自己犠牲的な生活の中で、自分をおさえつけていたもののふたがとれて、生きてゆくよろこび、自分を大切にすることへの意欲みたいなものが湧いてくるようでした」

ラブレターに対する返信は詩「充ちてくるもの」だった。

充ちてくるもの
それは生きる力です
巻貝のように
まだ
小さなかたいわたしの魂は
なかば
怖れと神秘のうちに
永遠のひとみをひらき
みちてくる潮のように
息をもつかず
あなたの呼吸を
のみほしました

有史前
人はみなむきだしの真実を
もろ手にかざし
生きるよろこびを
誇っていたときのように

言葉も
文字も
必要としない
神々の充実を

充ちてくるもの
それは
わたしのまあたらしい血肉に

わたしのおどろきの魂に
痛いほど
刻み印された
あなたの生命

ふかまりたかまり
あつくあつく
わたしの炎をかきたてて
夜明けの光りとなって
明日の道をてらすでしょう

この詩は生花の先生のすすめで購読していた「新婦人」という月刊誌に深尾須磨子選の投稿詩のページがあり、投稿して特選となった。賞金五千円は、当時の幼稚園の月給と同じだったとか。

結婚以前に書いた詩が、こうした形で評価されたことも驚きであった。また、後にかずよは少年詩の詩人として評価されたのだが、その詩の本質は「少年」とか「児童」といったことと関係なく、「『内なる自然』からの声がよろこびとなって詩が生まれた」と本人がいってるように、詩作についての基本的姿勢が、この時点で確立されていたことを物語っている。

神前結婚式と新婚旅行

結婚式は映画「無法松の一生」で有名な小倉祇園太鼓の競演会場となっている北九州市小倉北区の八坂神社で行った。かずよの両親が神道黒住教の熱心な信者であったことに配慮したのかどうかは定かでないが、浅野家側は喜んでくれたようだった。ぼくにとっては子どものころから慣れ親しんだお宮だった。それに何かにつけてケチな性分のぼくは、少しでも安上がりにしたいという打算からホテルを避けたのでは、と記憶している。

神前での大太鼓の響きは、ずしんとこたえるものがあった。この時ばかりは神妙になっていた。かずよ二十三歳、平吉二十六歳。愛の誓いも真実一路と信じて疑わなかった。

披露宴は境内の社務所の大広間だった。建物がやや古びていて、室内はうすぐらい感じだった。そわそわして落ち着かない花婿は、別室で化粧直しの花嫁の様子を見に行ったりして、来賓の先輩たちから冷やかされていた。
「小さい旗」主宰の白仁田宗太さんが、都山流尺八の独奏で祝ってくれたのが印象的だった。ぼくは白仁田さんに誘われて、企業内の尺八同好会に参加したこともあった。演奏会の前に琴と音合わせのため、女性ばかりの琴の教室に出向いたこともあった。そんなことが走馬灯のように思い出されたりした。

宴が終わると、そのまま新婚旅行だ。ぼくらはつつましく、別府—阿蘇—杖立温泉—熊本と、九州半周の旅だった。それも健康保険組合の保養所や友人の親戚の旅館など安上がりやサービスを期待したものだった。ともかく、やっと二人になれた喜びだけが大きかった。

阿蘇中岳の噴火口まで馬に乗った。かずよは幼女のようなはしゃぎようだった。天気にも恵まれ、広々とした大自然の山道を馬に揺られての散策は、詩人の心をも開かせたようだ。後に初期の代表作となった詩「馬でかければ——阿蘇草千里」は、子ども四人との家族旅行から生まれたものだが、その起源は新婚旅行での初めての乗馬にあった、とぼくは見ている。

旅行中の愛のいとなみについては、いうもはばかられることだが、かずよは友人に、「このようなことが毎日つづけられるのかと思った」と話している。のろけというのか、本当に気がかりだったのか。聞かされた友人も目をパチクリさせたことだろう。ほくそえむのはただ一人。

宅地つきと舅、姑つき

かずよとの縁談が急ピッチで展開する以前から、ぼくだっていずれは結婚もできるだろうと考えて、郊外の新興住宅地、小倉南区高坊に新築された二階建て長屋の市営住宅を確保していた。かずよとの交際が始まって、来てもらったこともあり、狭いながらも楽しいわが家を夢見ていた。

ところが、縁談が具体化するにつれて、両家それぞれの条件みたいなものをつき合わせることになった。かずよの兄からは、思いもかけないことだったが、かずよの父の遺産として一軒分の宅地五十坪あまりを残しているので、そこに家を建て、かずよには幼稚園の仕事を引き続き手伝ってほしいということだった。ありがたい話だ。新婚早々マイホーム建築という、でっかい夢となった。

それに引き替え、ぼくの方からは、三男坊ながら先々両親を見なければならない。両親を見るということは、弟二人、妹一人の面倒もみることになる。といったマイナス要因ばかりだった。

嫁にとって大変な負担だと身の縮む思いだった。ところが、かずよから幼いころに両親と死別しているので、それはむしろ良いことだと言われ、ほっとした。

さっそく地元の信用金庫で三十万円の借金をし、マイホーム建設にかかった。畳の部屋は四畳半だけ、六畳分の板の間と台所、玄関、トイレという極めて小さな家だった。ひまさえあれば建設現場に出向き、進行状況を二人で見つめるのが楽しみだった。

そのようすを、かずよは「あかいカーテン」という詩にした。

あかいカーテン

大工さんたちが
ノミやカンナをかたづけて
かえりじたくをはじめると

たちかけの家はだまりこんでしまう

骨ばかりじゃさむいので
あかく
あかく
からだいっぱいはりめぐらした
ゆうやけのカーテン

家は何度か建て増した。老いた両親を迎え入れたとき、鶏数羽も一緒だった。かずよは餌作りや掃除などで忙しくなった。引っ越してきた翌朝早々に、雄鶏が「コケコッコー」と堂々たるあいさつ。静かな住宅地だけに驚かされた。近所の人たちも笑っていた。なによりもかずよが、産みたての有精卵を手に喜々としていたのに救われる思いだった。

Ⅱ　母との別れ

父に抱かれた多世、3歳の時

かずよの父親

詩人となったみずかみかずよの生い立ちについて知りたいと思った。かずよに聞くのが一番よいのだが、それはできない。かの女が書き残したものを整理していたら、父について書いた短い文章があった。作品ふうに書いているので、主人公の名は「よしこ」となっており、年齢など事実と異なる面があるが、大筋では自分自身の記録として正直に書かれていると思う。題は付いていない。原文どおり紹介させていただく。

満開のさくらの花も散って庭のつつじが、絵日傘をひろげたようにきれいに咲き始めたころです。

よしこはおとなりのちかちゃんの家で遊んでいましたが、祖母があわただしく呼びに来たので、しかたなく手をひかれて帰りました。

その朝、父が突然、倒れたのです。父は五十四歳。土建業を営み、地所、家屋、そうとう持っていて、もうそのころは借家賃だけで生活が成り立っていました。

毎朝、ラジオ体操を日課として続けていたのですが、持病に糖尿病と高血圧があり、倒れたのは心臓まひということでした。

よしこが帰って見ると、広い客間に、びょうぶが立ててあり、父はそこに、白い着物を着せられて、ねかされていました。木刀が頭のところにあり、白い布が、きちんと顔にかけられていました。

よしこは、満三歳を迎えたばかり。父の死に対しても、その時は深い悲しみはありませんでした。

白い布をとりのけると、小さな手で、ほおのあたりを、ぴたぴた、たたいてみました。それは、じーん、とするほどの冷たさです。

父はもう笑わない、もう何もしゃべらないと思いました。

白い布をかぶせると、大急ぎで洗面所に行き、なぜか手をごしごし洗いました。

そこの場面だけが、前後の記憶から、あざやかに切り離されて思い出されるのです。父にかわいがられた思いでも、しかられた思いでも、まして一緒に遊んだり、お話したり、いわゆる日常生活をともにした感情のふれあいがないのです。

母は父の二度目の妻であり、よしこは、父が五十代、母が三十代のときの、おそい子どもであり、よしこにとって、父というものは、いてもいなくても、あまりかかわりのないものでした。

父浅野繁吉は一八八二年(明治一五年)五月十八日、岡山県赤磐郡吉岡村に生まれた。亡くなったのは一九三九年(昭和一四年)四月十八日午前九時二十分となっている。したがって享年五十六歳となる。かずよは一九三五年(昭和一〇年)四月一日生まれなので、四歳になったばかりである。

父についての記憶がほとんどないように書いている。むりからぬことかも知れない。だが、父は広島県呉市に九年ほどいて、一九二九年に八幡市(現北九州市八幡東区)尾倉に移り住み、約十年間、八幡製鉄所(当時)の敷地造成などの土建業で財を成すほどの働き者だった。

家族をかえりみるひまもなかったのかもしれない。しかし、信仰心が厚く、神道黒住教の熱心な信者で多額の寄進をしていたようだ。年の離れた後妻との間の四人目の子であるかずよを、妻とともに伴って、お宮参りをしている。かずよは両親に手をとられて、ルンルン気分であったらしい。三歳にして神主さんの唱える祝詞《のりと》を丸暗記してしまい、神童だと信者たちにたたえられたと伝えられている。

なによりも、両親によって、多世《かずよ》と命名されたことに、ぼくは心から畏敬の念にかられる。かずよの父について、なんら知りえないことが残念でならない。かずよ健在のときにも、父のことはほとんど話題に出なかったし、父にかかわる縁戚関係も知ることがなかった。孤高の人だったのかと、ひそかに偲ぶほかない。

母恋し

かずよは、「少年詩集が出たということや、小学校の国語教科書に、詩がのせられたことなどで、〝詩を通して〟の話を依頼されることが多くなった」という書き出しで、「私の詩の背後にあるもの」と題した二十一枚の原稿を残していた。全文を紹介するには、若干問題があるような気がするので、抜き書きで母との関係のくだりを紹介する。

わたしは五歳から六歳の一年間、ほとんど家で床についていた。毎日小児科の先生が看護婦をつれて往診に来られていた。肺炎に続くぼうこう炎とじんぞう病であった。

やせたゴボウのような体にむくみだけはひどく、血尿が出ていた。塩分のない無塩しょうゆをかけたホウレン草がのどに通らなくて家族の者は何を食べているのか偵察がてら自分のおぼんを持って茶の間に行き、「ヤレヤレ」というような、家族の表情を今もおぼえている。

酸素吸入器というのを夜ねる前にはかけられて、蒸気に向かって口をあけているのが、とてもだるくてくたびれていた。お灸もすえられた。灸点をおろしてもらうと、日当たりのよい縁側で母にすえられた。しんきゅう針もした。タニシをすりつぶし辛子をねりまぜたシップもへそのまわりにあてられた。

伊勢神宮へも母とともに参拝した。母は私のため四足のものは食べないと、お茶断ちもして、いっさいの肉を口にせず、私の健康回復のために祈っていた。

だれに聞かされたのでもない。生後七年間しか一緒に暮らせなかった母ではあるが、まるで、二十年間以上も暮らしたような、濃厚な密度の深い愛情につつまれていたのである。

今もあざやかに母の記憶は生々しく私を育てている。

私は不思議にも、母の手順の通りに、料理にしろ生活にしろ、子育てのイロハにしろやっているのである。血はおそろしい。まさに私は母の子であり、母に育てられたように、自分の子を育てているし、よい点も悪い点も母に似ているのである。

私は病弱であったのと、神経質であり、えたいの知れないものに恐怖心を抱いていた。

夜の闇、ねついてきこえる寒行太鼓の音、だれもいない家の中のあのしんとした暗さ、見知らぬ人への警戒心、内弁慶とみなに言われていた言葉がよみがえる。

病床のなぐさみに、母は、当時流行していた、講談社の月一回発行の絵本を買ってくれた。私はそれで字を覚え、くりかえしくりかえし、あくことなく、同じ本を一か月の間みていた。一寸法師のおばあさんやお姫さまの着物の柄まで、おぼえているほどである。

浦島太郎の海の底の生活がおもしろかった。

四季の部屋があり、一つあけるとそこは春、次をあけると夏、次は秋、次は冬、そして、魚たちがものをいい、うたいおどることに、興味はつきなかった。

日本の昔話、歴史物語、乗り物の話、絵ときなぞなぞなど、みな諳《そら》んじるほどおぼえ、体中に染みこんでしまった。

あの線もこまやかな色彩豊かな絵本が、まるで今でいうなら聖書みたいなものだったのだ。

よくもわるくも、幼児にとって絵本は一つの世界である。だからこそ、よい出合いがたいせつなのである。幼い魂にしみこんだものはそのまま、原風景となって大人になるまで無意識の世界で影響し続けるものだから。

母はまた、台所で仕事するとき、うるさいほどつきまとい、何かとしたがる私に、何でもやらせてくれた。

「うるさい」とか「あっちへ行きなさい」とか「いけません」とか、いわれた記憶はない。

母の手元をじっと見守る私に教えてくれるのである。

「ナスビは、こうして、切り目を入れて水につけておくのよ」

「ゴボウはこうやって削って、水につけるの」

「山イモをするから、すりばちを持ってね」

私は今と違ってねばっこい、かたい山イモがなかなかくずれなくて、少しずつ少しずつおたまじゃくしですりばちのふちからだしを入れ、卵をおとして、すっている母の力に尊敬さえしていた。私はじっと見つめていた。

　七輪の火にあみをのせ、サザエのつぼ焼きをするとき、サザエが泡を吹き出したら、しょうゆをすこし入れなさいと、何でもやりたがる私に教えてさせてくれた。

　焼きナスもさせてくれた。

　キャベツの葉もはがさせてくれて、中の小さいしんは、ままごとにくれた。ピースもエンドウ豆もむかせてくれた。

　魚の料理を見るときは、私は気持ちがわるいので、「きたない」というと、その時は叱られた。タコもゆでていた。塩もみしたタコがお湯の中で、色鮮やかに、赤くなってゆくのがとても印象深かった。

　体の弱い私に牛乳を注文していたが、私はこの牛乳がどうしても飲めなかった。母は無理じいはせず、豆乳に代えてみたり、今で思えば苦心していた。ニンニクの丸焼きも食べた。これは香ばしかった。

　いつもは、ホウレン草、くず湯、豆腐、白身の魚、大根やニラのみそ汁、煮豆などが常食だったようだ。

　私はすぐに風邪をひく、日射病になる、病気がうつる、といっては外に出してもらえず、一人遊びが多かった。

でも、外で子どもたちの声が聞こえると、出てみたくて、じっと、ガラス窓におでこをくっつけて見ていた。そのときは母が恨めしかった。

母との別れ

かずよの母タマヱは、一九〇〇年(明治三三年)五月十日、熊本県阿蘇郡柏村で出生。父繁吉が八幡市大字尾倉に転居の直後、一九二九年(昭和四年)三月、二十八歳で四十六歳の繁吉の後妻となっている。二男二女の子どもができたが、男の子二人は死亡。かずよには十歳年上の長女がいた。

父の死亡後、タマヱはかずよを伴って、父の故郷、岡山県を中心に大三島などのお宮参りに、何度か旅をしている。八幡駅からの汽車の旅は、幼いかずよには退屈であった。汽車が止まるたびに、タマヱは駅名をかずよに教えながら、退屈をまぎらして、母と娘の二人だけの語らいがあった。そのうち、かずよは八幡―岡山間の駅名を全部覚えてしまったといわれている。

父亡き後の母への思慕はつのる一方であった。母もまた、末っ子のかずよを溺愛した。そのようすは、かずよの文章や詩から強烈に伝わってくる。母娘の絆の深さにしみじみとしたものを、ぼくは感じ、涙を誘われるのだった。

かずよは四月一日生まれだったので、六歳で小学校に入学できたのだが、病弱だったため一年おくらせた。七歳の夏休み、出征をひかえた異母兄昌宏と若松市の脇田海水浴場に行っていた。そこへ母の訃報が届いた。

ポプラの海で

うっそうと茂る大樹
ざわめくあお葉は波の音
ざざざー　ざざん
ざざざー　ざざん

大樹のドームは
海底のあかるさ
しらぬまに
ひんやりした
しずけさが
わたしのあしもとから
すべりこむ

とつぜん
ゆらりと
からだが
かたむいた

ここは

ぬれた波うちぎわ
――かあさーん！
――かあさーん！
とさけんで
わたしの海はよみがえる
あの日
母は死んだ

ざざざー　ざざん
ざざざー　ざざん

こもれびは魚たち
ゆらゆら
波まにむれあそぶ
大樹にもたれて

みあげると
大樹はうっそうと茂る
ふかい海
大樹にもたれて
わたしは
わたしの海をきく

一九四二年（昭和一七年）八月二日午前七時三十分、母は自宅内でひもにぶらさがる形での自死であった。心臓が弱かったということだった。一年生になったばかりのかわいいかずよを残しての旅立ちに、かずよは驚天動地の大ショックであった。

四歳で父、五歳で祖母、七歳で母たちが死んでいった。

腹ちがいで十八歳年上の兄と、十歳年上の実姉。父の死亡の年に兄の大学卒業を待って嫁いできた義姉。母の亡きあと母がわりにわたしを育ててくれたのである。

わたしはそのころの病名で腺病質といわれ神経質で栄養呼吸のよくない、病弱な体質であった。肺炎、じんぞう病などで一年あまりねていた。入園したばかりの幼稚園も休んでしまい、学校入学も一年おくらせた。

日本は戦争、戦争で、国民学校(今の小学校)へ入学した年は太平洋戦争がはじまっていた。

これは、かずよの文の一部です。幼児期の不幸な体験。がらんと急に広くなったようにかんじられた家の中で、かずよは何を感じていたのだろうか。かずよの代表作の一つといえる、思い出の詩を紹介しておこう。

ひな人形はかざらない

わたしがなにも知らないとき
ひな人形がかざられ
それは三月をすぎてもそこにあった

広い屋敷と

あけてもあけても人気のない部屋
廊下も柱もぴかぴかにみがかれ
ひな人形はその奥に
どっしりと
赤いもうせんの上に並んでいた

わたしは
モスリンの着物を着て
首にしっぷの白い布をまいていた
アルコールのしみた
しょっぱい匂い

庭の松はごうごうと風になり
わたしは
池の金魚をすくって料理した

五人ばやしは
笛をふき
三人官女は
酒をくみ
ひな人形は
笑いさんざめいておどるのに
わたしがふりむくと
すましこんで白い顔
わたしはひとり
花をむしってあるいた

三月はとっくにすぎ
六月の雨もおわった
ひな人形は

青ざめたまま
そのままのかたちですすけてしまった

鼻たれて着物よごしてみたかった日
金魚を料理して
花をむしって
ひっぱたかれたかったのに
父もなく
母もなく
母のかざった人形だけがあった……

わたしは横目でにらんでいた
わたしのぬくみを
すいとってしまったような人形を
おそろしげに

ただ　おそろしげに

おとなの言葉

それは母の通夜の席でした。ぼんやり座っていたわたしの耳に「この子は、親が死んだというのに、泣きもしないで……」という、大人の声がきこえました。

それは、ぐさりと、幼い胸に突き刺さりました。

なんでも知っているような顔をしている大人が、ほんとうは、小さな子どものことなんか、なんにも知ってはいない。と、そのとき、直感でそう思いました。

その朝、夏休みでした。十八歳はなれた腹違いの兄が召集で入隊することになり、お別れに、若松の脇田海水浴場につれて行ってくれました。いくらも海につからないうちに、近所の方が、つかいにみえられて、急に、家にもどることになりました。

海水にぬれたままの水着の上に、ワンピースを着て、兄にしっかり手をにぎられて、やけついた砂浜の道を走りました。

兄は道々、「かずよ、どんなことがあっても、おどろくんじゃないぞ。あんちゃんがついとるから、何も心配せんでいい。かずよのことは、しっかり守るから」といいました。

わたしは、何か、大変なことが起こったにちがいないと、緊張していました。


広い家には、近所の人や見知らぬ人たちがひしめいていて、わたしは、お座敷にいってみました。

白い布をかけられた母がよこたわっていました。みていると、胸のあたりが、呼吸で、動いているように思えるのでした。

わたしは、いそいで逃げると、押し入れの中にとびこんで、大声をあげて泣きました。

「どうして死んだの。どうしてわたしをおいていったの。どうして……、どうして……」

わたしは同じことを繰り返し繰り返し、狂ったように泣き叫びました。そして泣きつかれて、ねむり、目がさめて、涙も声もかれはてて、そこに座っていたのです。

四歳で父を、五歳で祖母を、七歳で母を亡くしてしまい、天にも地にも、この兄と二人きりになりました。

そのうえ、わたしは病弱で、肺炎カタル、腎臓病などで、早生まれなのに、学校も一年おくらせていました。

「さようなら」ということは、わたしにとって、おそろしい言葉です。死と、夜の暗さが重なって、夜がくるのが、どんなに恐ろしかったことか。その暗闇には死神の手がのびていて、たえずわたしをひっぱるように思えたのです。

別れる、ということから始まった幼い体験のなかで、「さようなら」は、悲しみに耐えていくことを教えたのです。


かずよの遺稿の中からの引用である。せつせつと胸を打つものを感じる。

家庭の崩壊、一家離散

母の死後、兄は出征、兄嫁に男の子誕生、十歳違いの実姉は岡山県の父系の親戚に嫁がされた。

かずよは義姉の姉に子どもがいなかったため、預けられることになった。

大阪の天王寺にあるその人の家は、和菓子作りを細々としていた。

かずよが座敷に座っていると、隣近所の子どもたちや母親が集まってきて、その代表者みたいな母親が、

「この子は、遠い九州からきたんや。父さんも母さんも死んで、一人ぼっちやさかい、みんな、仲ようしてやって」

と、言って、まるで異邦人を見るように、みんなにしげしげと見つめられた。

かずよは、八幡の起業祭という秋のお祭りに、母に手を引かれ、いろいろな見世物小屋の前を通った、あの異様な恐ろしさを思い出していた。

客を呼びこむ男の太いダミ声が耳によみがえった。その見世物にさらされた小屋の娘のように、みじめな気持ちになって、うつむいていた。

言葉の恐ろしさを、直感で感じ取った最初だった。

その夜から、下痢、吐き気、高熱で脱水状態になり、その家の人たちを心配させた。

「母ちゃん、母ちゃん」と、うわごとを言った。

「母ちゃんは、ここよ、ここにいるよ」

その声は、もうろうとしたかずよの耳に、はっきり、母の声として伝わり、安心して、ねむることができた。

言葉はやさしく人の心をやわらげるものだと、やはり、直感で感じとるのだった。

その人は、とても自分の手におえないと思い、義姉の兄が、やはり大阪のはずれ、南河内郡久宝寺(後の八尾市)に住んでいたので、その家にひきとられることになった。

二学期からその家の二人の子ども(六年生の男の子と、三年生の女の子)と、いっしょに、久宝寺国民学校へ行くことになった。

おじさんは日赤病院のレントゲン技師だった。とてもあたたかい家庭で、おじさんは、大変明るくおおらかな人で、おばさんは、こまめによく働き、編み物、縫い物をいつもしていた。二人の子どもの勉強もよくみてやり、習字など、手をとって教えていた。

かずよにとって、本当にめずらしい観察になったようだ。

「よく気のつくいい子だ」

「勉強しなくても、よくできる子だ」

「絵も上手、作文も上手、お手伝いも上手」

と、ほめちぎられて、よい暗示をかけられてかずよは、そうならなくてはいけないと、自分で思い、まるで、言葉の魔法にかけられたように、心も体も健康になっていった。凍りついた心が春の太陽であたためられてとけていったのだ。

言葉にはこうした生命があり、力があり、人の心を生かすも、殺すも、できるものであると、しみじみと思ったのだった。

さらに、逆境がつらく悲しいのではなく、子どもにも、子どもの自尊心があり、誇りや夢がある。それを傷つけられた時が、一番、つらく悲しいのである――と思ったのだった。

『ごめんねキューピー』

かずよは、自身の成長物語的な作品を書いていた。「とおい道――少女よしこの物語」一三七枚を児童文学誌「小さい旗」40号(一九七五年七月発行)に発表した。その第二章「ごめんねキューピー」を何度も推敲して、一九八三年十一月に佑学社から単行本として出版された。長野ヒデ子さんの絵で大変好評だった。が、出版社が倒産したため絶版となってしまった。

作品の主人公よしこは、八歳になった年の秋、両親と死別したため、大阪のおじさんの家にあずかってもらうことになった。子守りをしながら新しい環境にもなれたころ、駄菓子屋の店先にキューピーが飾られた。ほしくてほしくて仕方なかった。だが、「買って」とは言えなかった。店のおばさんが、ちょっといない間に、お金も払わず持ち出してしまった。

その夜、高熱を出し、おじさん夫妻の徹夜の看病で危機を脱することができたのだが、「キューピー、キューピー」と、うわごとをいっていた。このことから万引きしたことがわかり、大人たちのあたたかい配慮で解決するというお話。

ところが、先に述べたように、おじさんの家には赤ちゃんはいなかった。赤ちゃんがいて、かずよが上手に子守りをしたのは、後に義姉の実家、岡山県赤磐郡瀬戸町に疎開していたときだった。

当然ながら『ごめんねキューピー』は、フィクションだった。だが、キューピーを万引きしたことと、肺炎になりかかったかずよを、必死に看病してくれたおじさん夫妻についてのリアリティーは、実体験があればこその迫力を感じさせる。おじさん夫妻を命の恩人として、生涯感謝の気持ちを持ち続けていたことからも理解できる。

この作品にかずよは心血を注いだ。たまたま、ぼくたちの四人目の長男が、中学二年生になって、ものすごい反抗期となり、長野県に山村留学に出すことになった。家から離れたい思いで自ら進んでのことだった。だが、すぐにホームシックとなって、泣きごとを言い出した長男を励ます目的もあって、かずよは作品の仕上げに情熱をかけたものだった。

その長男は、紆余曲折を経て、児童自立支援施設である福岡県立福岡学園で元気に働いていた。学園に来る子どもたちの面倒見もよかったと伝えられていた。だが、あまりにもひどい子どもたちの環境に、何とかしなければと肩入れするあまり、悪しき社会の壁に阻まれ、自らの意志の弱さもあって、二〇〇四年六月、三十八歳で自死した。

長男との母と子の絆となった『ごめんねキューピー』を、せめてもの供養にと新装版として石風社から出版してもらった。

いまも痛む戦争中の心の傷

かずよの詩とエッセイ集『子どもにもらった詩のこころ』(石風社)の中に、小学校二年生のときの体験を書いている。母との死別一年後のことで、病弱だった生い立ちに、追い討ちをかけるような過酷な出来事だった。

わたしにも、戦争中の深い心の痛手があります。肉親のことだけに、傷はいまも痛みます。

わたしが小学校（そのころは国民学校）二年生のときです。

日本はアメリカやイギリスを敵にまわして大きな戦争をしていました。

昭和十八年（一九四三年）といえば、はげしい戦争のまっただ中。戦地に行くたくさんの兵隊さんたちに、たくさんの食べものを送るため、国中の食べものがどんどん少なくなっていました。

アメやキャラメルのようなあまいお菓子はみることもできません。三度のごはんでさえ、お米はなくて、カボチャやイモ、だんごじるばかり、それもおなかいっぱい食べることはできませんでした。

「ほしがりません勝つまでは」「お国のためにしんぼうしろ」といわれて、みんなじっとがまんしていました。

学校へは、おべんとうを持ってゆきます。おべんとうのごはんも、大豆かすやコーリャンが半分以上もまじったくさいまずいものです。ちょっとかたむけると、すみの方へよってしまいます。

おべんとうの持ってこられない人はおうちへイモやだんごじるを食べにかえりました。

わたしの十歳年上の姉が代用教員（男の先生が兵隊としていなくなるので女学校を出た人が代わりに先生をする）として、同じ学校にいました。

ある日のこと、姉はわたしのところへ来ると、先生の顔でいいました。

「わたしの組に、おべんとうのない人がいるので、あんたのをあげてほしい」

家では姉でも学校では先生、そのころは先生の言葉は命令的でイヤとはいえません。

わたしは渡しました。

おべんとうの時間になりました。とてもみんなの食べている教室にはいられなくて、だれもいない運動場へ出ました。

砂場の鉄棒にとびつくと、ぺっしゃんこのおなかに鉄棒がくいこんで痛いのです。

次の日。

まさかとも思っていなかったのにまた姉が来て、おべんとうを持ってゆきました。

となりの席の小谷さんが家に食べに帰るとき、わたしをさそいました。

「あさのさん、わたしのうちへ来ない？」

わたしはふらふらとついてゆきました。もしかしたら、何かもらえるのではないかしらと思って。

小谷さんは元気よく玄関をあけて上へあがりました。かわりにおばさんがにこにこして出てきました。

「あさのさん、おべんとうは？」

わたしは小さな声で、

「もうたべました」とこたえてあかくなりました。しまったと、思いましたが、わたしの、子どもなりのプライドがいわせたのです。

「じゃあ、少しまっててね」

おばさんはあっさりひっこみました。もう一度、「なにか食べない？」といわれたら、「いただきます」といおうと、待ちましたが、もうそれっきりで、さそってくれた小谷さんも、ひとことも声をかけてくれません。

小谷さんも少ない食べものなので、わたしにわけることなんて、できなかったのです。そんなこともよくわかっていながらわたしは、のこのこついてきてしまいました。

ふいてもふいても伝わってくる涙を、小谷さんに見られたくないと思い、目をふせて学校へもどりました。

三日目。ぞくっと、悪い予感がしました。やっぱり、姉は三たびわたしのおべんとうを持ってゆきました。

わたしは、もうがまんできません。あがったこともない階段をのぼって二階の三年生の教室へ行きました。

いったいだれがわたしの大切なおべんとうを食べているのでしょう。私だって、こんなにひもじいのをがまんしているというのに。

三年八組、姉の教室です。ろうかの窓ガラスにおでこをあててのぞきました。一人一人の机の上を見ました。

ない、ない、ない。

わたしのあかいたまご型のおべんとう箱。

どの机にもありません。

最後に先生の机の上を見ました。

あっ。

わたしのからだは、ごとんと窓ガラスにあたって、大きな音をたてました。

姉が食べていました。姉だって毎朝、おべんとうを持ってきているというのに。

大きな音におどろいて、姉もわたしをみました。姉の顔はまっ白でした。石のようにかたくなっていました。

わたしは、ころげるように階段をおりました。

はげしい怒りがこみあげて小さな心もからだも、焼きこがされるようでした。でもだれにもいえませんでした。

　ほんとうのことがいえない

三年生のときはげしい戦争があった
学用品も不足していた
食べ物も不足していた

秋本さんはひるごはんを食べに帰る
べんとうのないわたしを
ためらいながらさそってくれて
大切なひるごはんの
むしまんじゅうをわけてくれた
カボチャあんのあまみがうれしかった

代用教員の姉が
わたしのべんとうをもらいにくる
クラスの生徒にやるからといって……
うそ　うそ　うそ
わたしはみた
姉が二つのべんとうを食べるのを！

――ほしがりません勝つまでは――

とみんながまんしていたころ
ほんとうのことを知らない秋本さん
ほんとうのことをいえないわたし

秋本さんをふりきって
その日校庭にかけだした
おなかぺこぺこでくやしくて
姉がにくらしくてくやしくて
口いっぱいカボチャのあまみがこみあげて
葉ザクラの下でないた

「どうしたの？　いこうよ」
おっかけてきた秋本さん
「ほっといて！」
涙をみせまいとにげるわたし

おにごっこみたいに
校庭をはしりまわった二人

かずよは、エッセイの最後を次のように締めくくっている。

しみじみ平和をかみしめます。もう姉をうらんでも憎んでもいません。かわりに戦争への恐怖が大きくなっています。戦争は人間の命をうばい自然をこわすだけではなく、人間の心を殺します。人間を人間でなくしてしまいます。

妹のおべんとうをだましてまで食べてしまった姉はどんなに胸が痛みつづけたことでしょう。

実は、かずよに実の姉がいることをぼくはしらなかった。かずよは自伝的な童話「とおい道——少女よしこの物語」の第三章「ないしょのおべんとう」で、美しい先生がきて、ないしょないしょで弁当を横取りされたことを書いているが、実の姉とはしてなかった。体の弱かったかずよにとって、大ショックであったこのことを書かずにはおれなかったのだろう。（詩では三年となっているが、原詩どおりにしている）

この姉に、ぼくも一度だけお目にかかった。かずよの兄が肝臓がんで一九八〇年四月二十三日に亡くなったあとのことだったと思う。出勤のため家を出たところ、玄関前で、かずよは男の子をつれた女性と立ち話をしていた。「どうしたの」と声をかけると、「姉です」といった。「じゃあ、家に入ってもらったら」といって、ぼくは言葉を交わすひまもなくたちさった。

そのとき、何を話したのか、かずよから聞かされることもなかった。同じ母をもった姉だというのに、その後、音信もなく過ぎてしまった。

かずよにとって、小学生になったばかりの夏に母と永別し、他家の世話になり、さらに実の姉の仕打ちに、涙のとどまることがなかった。だが、感受性の強い彼女は、こうしたことに耐えることで、心の底に生きていくためのたくましいマグマを育てていたのかもしれない。

Ⅲ　かずよの青春

中学３年生、卒業式のかずよ

童謡との出合い

かずよは、もともと明るい子どもだった。絵をかいたり、歌ったり、劇遊びなどが好きで、そうしたなかに、童謡・詩への関心も早くから芽生えがあったようだ。
かずよ自身の楽しい思い出で、小学生時代を締めくくれるのは、ぼくにとってなによりもうれしい。

小学校三年生の一学期の終わりに、戦争が激しくなって岡山の田舎へ疎開し、その時の担任の若い先生（竹久節子）が、月曜日ごとに、教室の後ろの黒板に、西条八十・野口雨情・北原白秋などの詩を、色チョークで絵をそえて、書いておられました。わたしはそれがとても楽しみでした。

あめんぼ赤いな　ア、イ、ウ、エ、オ。
うきもにこえびもおよいでいる。

柿の木　栗の木　カ、キ、ク、ケ、コ。
きつつきこつこつ　枯けやき。

毎朝、先生と一緒に声に出して読みました。

先生のまるい頬には、いつも微笑がうかんでいました。

「ソバカス美人の先生ね」母がわりの義姉がそういっておりました。

師範学校をでられたばかりで、いつも、きちんとアイロンのかかった白いブラウスに、
紺がすりのモンペ姿がよく似合っていました。

「おはよう！」

「おはよう！」

先生は遠くから自転車でさっそうと、川づたいの通学路を走って来て、わたしたちを、すうっと、追いぬいてゆかれるのでした。

海はあら海
向うは佐渡よ
すずめなけなけ　もう日はくれた
みんな呼べ呼べ　お星さま出たぞ

先生のオルガンに合わせ、先生の声に合わせてうたいました。
声に出すこと、言葉を耳できくことが、みんなの気持ちをひらかせ、想像を、ふくらませて、一人一人、生き生きとなったようです。
学校の近くの吉井川へも、よく歩いて行き、広い河原で、うたったり遊んだりもしました。

一丁目の子供
かけかけ　帰れ

二丁目の子供
泣き泣き　逃げた

四丁目の犬は
足長犬だ

三丁目の角に
こっち向いていたぞ

後に雨情の詩とわかったのですが、ことばのリズムの心地よさもあって、とても気に入って、お手玉あそびのうたのようだなあと、学校がえりの道でも、そらんじて、口ずさんで歩きました。

次の詩人の名も大人になって知ったのですが、特に心に残っています。自分のことをいっているのではないかと、母を思うのでした。

いつも見る夢
さびしい夢
つきの夜ふけの
山の上

青いひかりに
ぬれながら
うちの母さま
ただひとり

草も生えない
岩山の
白い素足が
いとしうて

泣いてまねけど
もの言わず
風にゆれるは
影ばかり

いつもさめては
さびしい夢
月の夜ふけの
山の上

西条八十の「山の母」だったのですね。

小学校四年生、十歳の少女には、本当の深い意味は理解できなくても、感性にひびきました。声に出して読めば、読むほど、かなしくなるのでした。

父母のいない孤独なわたしの魂はふるえながらも、なんとなく慰められもしたのです。

わたしも、たくさんのものを書きました。もちろん、それらの詩に影響されて、その真似のようなものでしたが——。

先生はわたしのそんな詩も絵をそえて、書いてくださいました。

どんなに心がはずんだことでしょう。八幡から転校して岡山の田舎の言葉にもなじめなかったわたしです。学校へ行くのがうれしくて、友だちからも認められ、みんながわあっと、寄ってきて、仲よくしてくれました。

またわたしは、ごっこあそびが大好きで、幼稚園のころ遊戯会でならった童謡のおどりや、劇を、クラスの友だちに教えて遊びました。クラスの友だちも、大よろこびで、学習の時間がはじまっても、おどったり、うたったり、劇をしたりで、大変でした。

先生も楽しんで見ておられたのでしょうね。「おひなまつりの会をしましょう。講堂で、やりましょう」と、本気で励まされました。

もちろん、わたしがプログラムから、ふりつけ、役きめ、演出、あいさつ(父母も呼んでのことなので)そして、劇「ふくろくじゅ」(七福神のなかの一人)では、主人公のふくろくじゅになって(頭を長くみせるため何か工夫をしたのです)みなを笑わせました。

荒城の月、浜千鳥、雨降りお月さん、可愛い魚屋さん、ひなまつり、森の小人など、本当に、幼稚園のごっこあそびの延長のようなものでしたが、先生がピアノを弾いてくださり、歌は、舞台の上やかげで大合唱でした。

今、思えば冷や汗がにじみますが、戦争中、娯楽もない村のことなので、その日一日、親も子も先生も一体になって拍手喝采だったことはたしかでした。


ここで、かずよが西条八十の「山の母」に心動かされたとある。かずよは生前、金子みすゞ（一九〇三〜一九三〇）について、ほとんど知ることはできなかった。わずかに『日本童謡集』（与田凖一編、岩波文庫、一九五七年十二月第一刷）に掲載された「大漁」に感動していたことが記憶にのこっている。

みすゞは、西条八十を師として仰ぎ、なかでも「山の母」に魅了されたことが、矢崎節夫著『童謡詩人金子みすゞの生涯』などにうかがえる。みすゞは関門海峡の対岸・下関市で童謡を書き、投稿詩人として注目されながら、二十六歳で幸薄きまま自死され、埋もれたままであった。

北九州市のかずよも八十の「山の母」に触発され、童謡、少年詩の世界に足を踏み入れたといえるかもしれない。時代を隔てた二人の女流詩人の奇しき縁を、先達の詩人に導かれたとみるのは、ぼくのひいき目だろうか。下関と北九州で詩の花を咲かせた二人に、ぼくは限りなく愛着を感じるのである。

さて、かずよ四年生の八月に終戦。八幡大空襲によって、父が残した自宅、貸家とも跡形もなく焼失していた。幸い兄が無事、戦地から復員し、五年生になって再び、焼け野が原の八幡にもどり、戦災住宅のバラックで、新しい生活が始まった。

文学青年の教師

尾倉中学校の入学式の日、殺風景な講堂の中で、かずよは、どんな先生たちがおられるのか、ということに関心を深めていた。友達の肩ごしに興味しんしんだった。

背筋をしゃんと伸ばした長髪の先生のところで目がとまった。はげしく電流が流れたような感じで、かずよの心は波打った。

「この先生だ」

「この先生しかない」

かずよの祈るような気持ちが天に通じたのだろう。二度目の組替えで、一年一組、神塚正喜先生担任の組に入った。

神塚先生は、二十二歳の新任教師だった。教壇に立つと、いきなり黒板に白いチョークをすべらせた。

白鳥はかなしからずや
　空の青海のあをにも染まずただよふ

幾山河越え去り行かば寂しさの
　はてなむ国ぞ今日も旅ゆく

そして、腹の底から朗々と歌ったのだ。

かずよは、息をのんだ。

吉屋信子の少女小説に酔い、あんみつ姫や手塚治虫のマンガに熱を上げていたころだったので、目を覚まされたようだった。目の前が大きく開けてゆくような感じだった。

若山牧水、石川啄木、北原白秋、斉藤茂吉などの短歌を、先生はガリ版刷りにして生徒たちに配った。そうした歌人たちの生き方も、国語の時間に教科書からはみ出して話されるのだった。

かずよは、その話に魅せられていた。

かずよは、ノートを作り、牧水や白秋の短歌のまねごとを始め、毎日、日記のように書き、先生に見てもらった。

先生は実にていねいに見てくれて、赤インクのペンで、感想をびっしり、書いてくれた。その赤インクの言葉がもらいたいばかりに、さらに書き続け、やがて、短歌から、空想まじりの作文、詩のようなものを書きつらねた。

たいていは、まねごとであったにもかかわらず、先生は、きまじめに、きびしくあたたかく、きちんとした姿勢で、大人の言葉で語ってくれた。

「文学とは、生きることだよ」

「歌をつくり、詩を書き、小説を書くことは、遊びではない、趣味でもない。人間の生きざまであり、生きることの意味なのだよ」と、言われることが、その時は、よくわからなくても、しっかり、印象づけられ、先生の言葉はひとことひとこと、はっきり胸にきざみつけられていった。

言葉をおろそかにしてはいけない。ことばをもてあそんではいけないと、やはり、直感で中学生なりに感じとっていた。

先生は、どの生徒にもあたたかく、一人ひとりの芽をつみとることなく、伸ばしてくれた。

神塚先生は、当時の日記に、かずよ(旧姓浅野)のことを次のように書きとめていた。

昭和二十三年五月十日(月)小雨

予ノ組ノ生徒ニ作文「我ガ生イ立チ」ヲ書カス。浅野ノ作文　断然光ッテオリ、彼女ハ才アル生徒ノ如シ。

同年六月四日(金)晴

級ノ図書委員(浅野、大坪)ト本屋ニ行ク。帰リニワガ家デ遊ンデ行ク。二人共初メテ個人的ニ接シタレド、飽クマデ大人シク素直、文学ヲ好ク愛スル子ナルヲ知ル。

同年七月七日(水)曇

期末試験一日目。国語ノ採点早速終ル。浅野、大坪ハ断然国語力アリ。

同年十二月二十五日(土)曇後雨

二学期終業式。式終了後、一、二組合同ノ演芸会ヲ行ナウ。練習不足(三日ノミ)ナレ共、合唱モドウヤラ聞カレル程度。予ノ担当セル劇「銀ノ皿」ハ大イニ成功セリ。(中略)女子ハ皆衣裳ヲマトヒタレバ感ジガ湧キ、殊ニ浅野ノ婦人ニ扮セルハ実ニ素晴ラシカリキ。

昭和二十四年九月五日(月)晴

四限目　予ノ辞職ノ式アリ。(中略)夕、浅野ノ家ヲ挨拶程度ノ軽キ意味ニテ訪ネタルニ、丁度兄上ガ居ラレ、ビールヲ振舞ワレ八時スギニ辞ス。浅野近ク迄送ッテクレタリ。願ハクハ健康ニ成長アレト祈ル。

家庭調査票に、将来の希望というのがあった。かずよは、何もわからず、ただあこがれの心で「文学者」といって、兄に笑われた。すぐに反対され、「先生」、もしくは「主婦」と書かれて、かずよをがっかりさせた。

兄は福岡県庁に勤めていた。児童相談所が設立された年だったようで、そこで仕事をしていた。

ともあれ、かずよは、神塚先生との出会いを終世の宝物としていた。詩集などの著作が出るたびに献本し、手紙もよく書いていた。

演劇への情熱

『みずかみかずよ全詩集いのち』（石風社）の中で、ぼくは「愛に生きた詩人 かずよ抄」という短文を書いた。その中で「中学時代のエピソードとして、親友であった大坪冨美子さんは、かずよの追悼文に次のように書いた」と紹介している。

「また、鮮明な記憶の一つに、戦後の英語教育の普及をかねたものか、秋の学芸会で英語劇をやることになった。演《だ》し物は『シンデレラ姫』。主役は学内のオーディション。一年生の彼女は勇躍として応募、見事三年生を押さえその座を射止めた。

『私ね、必死になって英語のセリフ丸暗記したのよ。それから感情移入の仕草の工夫、絶対、あの役やりたかったの』と晴れやかな笑顔であった。ちょっと甘く甲高い彼女の声はよくとおり、熱演で拍手喝采、この英語劇は市内の中学校演劇コンクールで優勝し大成功であった。いつも火の玉のようなものを抱いていた」

かずよは中学生になって、文芸部、演劇部で大活躍した。

演劇では「北風のくれたテーブルかけ」の主人公、「ジャンバル・ジャン」では女中、トルストイの「愛あるところに神あり」では、主人公のおかみさん、英語劇「シンデレラ姫」ではシンデレラ。それらは一年から三年生までのオーディションであり、それに合格したものがその役になるのだった。

かずよは、生き生きとして輝いていた。

好きなことには心を燃やし、一生懸命になる。それほど得意でもなかった英語も、シンデレラの役になりたいばっかりに、必死で発音やリーダーの暗誦に取り組んだ。

学校が楽しくてたまらなかった。

勉強はあまり熱心ではなかったようだが、苦にもせず、「勉強、勉強」といわれたこともなかった。

何か一つでも、得意になれるものがあれば、自信や、誇りを持つことができれば、どんなに生きることに勇気づけられることか、と述懐していた。

高校での弁論大会

尾倉中学校を卒業したかずよは、福岡県立八幡中央高校に進学した。同高校の同窓会誌に頼まれて書いたと思われる「怪我の功名から」と題した原稿があった。かずよ自身が高校時代を振り返ったものだ。そのまま紹介させていただく。

怪我の功名から

水上多世

昭和二十九年度卒業

八幡中央高校、その頃は中央町の旧制八幡女学校のふるい校舎でした。尾倉町から徒歩で約二十分あまり、途中で友人をさそい、楽しくおしゃべりしながら通学しました。

わたしたちが一年に入学してまもなく、渡辺光祐先生が新任の漢文の先生として教壇に立たれました。紺のダブルの背広、頭は丸坊主、そして、エンピツのようにやせておられて、ダブルの背広の中で身体がおよいでいた感じ、でも、丸坊主のにこやかな笑顔はさわやかな新鮮さでした。

このあざやかなイメージは、あれから、二十五年たった現在も、いささかも色あせることはありません。

漢文の第一ページは陶淵明の桃花源。歯切れのよい明快な授業で興味しんしんでした。

毎年秋に、校内弁論大会があり、クラスごとに一名選出され、一年から三年まで計三十名あまりの弁士が、我こそは！　と学校で決められた三つの演題の中から、一つ自分で選んで熱弁を振るいます。

一年生の時は、講堂で大勢の人々の後ろから聞いていました。

「よくあんなに、堂々と話すことが出来るものだ」と感心して、何かとても、まぶしいような気持ちでした。まさか、わたしが、あの立場になろうとは、露のかけらほども思っていませんでした。

クラブ活動はさかんで、〝きたれ、文芸部〟〝あなたの入部を待っている〟とか、なんとか、張り紙や、先輩たちの勧誘もしつこいほど。わたしは、文芸部に入りました。〝彩雲〟という文芸部誌が発行されていて、先生は丸いお顔のアンパンといわれて親しまれていた徳永先生。作品を書いても、ほめられることはありませんでした。

二年生になった時、弁論大会に出る人を選挙で決めることになり、みな、面白半分にわたしを入れたのだと思うのですが、あけてみれば、わたしがトップ。どんなに辞退してもだめで、泣く泣くあきらめました。演題は三つの中の一つ、「学問とは何か」と、いったものを選びました。

原稿用紙何枚だったか、忘れましたが、とにかく出るからには、絶対、がんばらなくては、絶対、恥ずかしくないようにするぞ！　と、心に誓ったようです。

内容は、学問は一生続けてするものであって、今よく言われる生涯教育のようなことをしゃべったぐらいしか記憶にありませんが、当日、ハプニングがおこりました。

それは、書いていた原稿を家に忘れてきたことです。しかも、出番近くになって気づき頭のてっぺんから、すうーっと血が引いてしまいました。頭が空っぽになって、一生懸命夜半一人で、雨戸を開けて、下の道に向かって、大声でけいこしたことが、みんな、すっからかんに消えてしまいました。もう、どうすることも出来ません。わたしはトイレに行き、ハンカチをぬらして、それを手に持って壇に立ちました。くそ度胸、とはあのことでしょうか。

一礼すると、あんなにふるえていた足、どうきを打っていた胸はぴたりとしずまり、わたしは、ゆっくり、右から左、一人一人の表情までわかるほど落ち着いていました。

みる原稿が無いことが、これほど、しゃべりよいものとは思ってもみませんでした。

怪我の功名でしょう。並みいる優れた人々をしりぞけて三位入選。自分でも、恐れ入りました。その時、一位の方が、小先良三さん。『復讐するは我にあり』直木賞の佐木隆三氏で、一年生でした。さすがに群を抜いて大物でした。

全力投球で、必死になることが、どんなに大切か、ぎりぎりと緊張することが、どんなに、その人の精神を高めるか、身をもって体得した、高校生活の何にも勝る一ページ。

そして、その時、しゃべった生涯教育の道を、計らずも、児童文学との出会いによってあるくことになりました。

高三で兄が、幼稚園を創立、わたしは、必要に迫られて、すぐ、とびこみました。なにもかも手さぐり、夏休み、冬休みの認定講習をうけて、資格を得るために勉強。ここでも無邪気に全力投球。

わたしは、童話や民話を、話すことが好きでした。そして、自分でも創作して、子どもと一緒に楽しんでいました。子どもの純粋さ、好奇心に輝く目、向日性の活発さがわたしを魅了、わたしを生き生きとさせました。

そのころ、創刊二年目くらいの児童文学誌の「小さい旗」に入会して、さらに、深く、多くのことを学びました。そこで結婚、二十一年たちます。ともに同じ道を歩みながら、わたしは今、少年詩の分野に挑んでいます。

やさしい言葉で、だれにも理解されて、しかも、わたしだけにしか書けないものを書こうと思っています。

今、少年期の人も、これから、この時期を迎える人も、そして、とっくに、この時期を通り過ぎた人も、純粋で、透明で、向日性をもち、平易平明なこの世界を、失わないでほしいと思うのです。

生きていく力とかいうものは、こうした広大な無限大な愛の世界にあると思うのです。

少年詩はほかの光によって光る衛星や遊星ではなく、どんなに小さくても、自らの光によって輝く恒星でなければならないと思うのです。

わたしは今しずかに、中央高校の生徒だった頃を懐かしく思い出すとき、自分の力で、自分自身が精いっぱい頑張ったことが、後のちの自分に、勇気を与えてくれたと思います。

すぎてみれば、苦しかったことも、悲しかったことも、みな、楽しく、なつかしく、仲良しの友とおしゃべりしながら歩いた道が、つい、昨日のように思えます。

その友とも、四十の坂を越えながら、おたがいに励ましあっております。白髪になり、老眼になっても、いつまでも生き生きと、自分の生を生きようと思っています。

よかったら、みなさん、少年詩のファンになってください。何か共感できるものがあれば、うれしく思います。

八幡中央高校文芸部の機関誌「彩雲」でのかずよの活躍ぶりは、五号(昭和二十七年一月発行)に「萬燈」(一年浅野多世)を発表。八号(同二十八年九月)に「赤磐の山」(三年)、九号(二十九年一月)に「霜夜」、とそれぞれ小説を発表している。意欲的な部員であったことがうかがえる。

園児とともに生き生きと

文芸や演劇など好きなことに積極的に活躍できた中学、高校時代だったが、かずよの思春期は波静かではなかった。大好きだった先生とも別れがあったりして、ニヒルに落ち込むこともあった。

かずよの兄は、高校からさらに進学させると言っていた。だが、かずよが高校三年の秋、父が残した宅地の一部を売って、私立幼稚園を創立した。かずよの進学の夢は吹っ飛んでしまった。そのことと直接的に結びつくのかどうかはわからないが、落ち込みは相当なものだった。

「自分なんか、生まれなければよかったのに」などと思えて、勉強に力が入らなかった。自分の殻に閉じこもって、家でも反抗的になった。無口、無表情となり、ただ読書、日記、詩作などに専念、内向的になった。ついには自分自身の思いにつかれきってしまう有様だった。

だが、幼稚園の仕事に飛び込んでしまうと、教諭の資格を取るための通信教育や、ピアノの練習など、厳しさと向き合いながら、次第に明るさを取り戻していくのだった。

何よりも幼い子どもたちが大好きだった。子どもたちは、体ごと、心ごと、若いかずよにぶつかってきた。

「先生が好き！」

子どもたちのきらきらした目と向き合って、信頼されている喜びで、ぐずぐずしているひまはなかった。

アンデルセン、グリム、浜田廣介などの童話を、子どもたちに語りながら、自らも楽しんでいた。時には、自作の童話も語って聞かせていた。

なかでも、園児たちに喜ばれたお話の一つに『おおきなかぶ』(ロシア民話/A・トルストイ再話/内田莉莎子・訳　佐藤忠良・画/福音館書店)があった。「あまいあまいかぶになれ　おおきなおおきなかぶになれ」といっておじいさんがうえたかぶが　とてつもなくおおきなかぶになって　おばあさん、まご、いぬ、ねこ、ねずみ、みんなで力をあわせて「うんとこしょ　どっこいしょ」と、引き抜く話だ。かずよは、これを秋の発表会で劇にした。園児たちは大喜び。クラスの全員で舞台せましとかけまわって、大きな声をそろえて「うんとこしょ　どっこいしょ」。しりもちついて大笑い。観客のお母さんたちも、やんややんやの大喝采。実に見事な演出だった。

かずよとともに、幼稚園の先生をしていた西村清子さんから、偶然いただいたお便りの中に、幼稚園時代のかずよのことが書かれていたので、ちょっと紹介したい。

三年ほどではありましたが、昔のことが思い出され、いつもニコニコされていたかずよ様……。父母会などでは、笑顔で控えめにされているのに、お遊戯会などの小道具や衣裳を決めるとき、私が困っていると、テキパキと決めてくださって、「あー助かった」と、新米の私は、どんなに救われたことか……。今でも忘れられません。

「かずよ先生の思い出」

当時、二年保育の園児だった伴谷《ともたに》(旧姓小谷)真知子さんから、「かずよ先生の思い出」が寄せられた。

いつも「かずよ先生」とお呼びしていたようです。母の話しによると、幼稚園に行くのを私がいやがるので、なんとか幼稚園の門のところまで連れていって、かずよ先生に私を渡して帰っていたというのですが、そのように先生はいつも園児たちを温かく迎え入れて下さっていて、幼稚園生活の中で、先生のやさしいまなざしは忘れることが出来ません。

私は一人っ子だったので、私の誕生日に先生を家にお招きして食事をしたことを覚えています。母が食事の用意をしている時に、先生と私の二人で、ゆで卵をむきました。私が上手にむけなかったので、先生から上手にむけるコツを教えて頂きました。

先生と楽しく過ごした幼稚園生活でしたが一度だけ、先生のことでどうしてよいのかわからなくて困ったことがあります。先生がオルガンのふたをしめて、その上に腕組みし、その中に顔を伏せて長い間(私にはとてつもなく長く感じられたのです)じっとしていらしたのです。今考えると園児たちが騒いで、先生のおっしゃることを聞かなかったのではないかと思います。先生は悲しみの気持ちを全身で表していたような気もします。

楽しかった幼稚園を卒園した次のお正月に友達と三人で、幼稚園のそばにあった先生の家に遊びに行きました。先生はたくさんご馳走を作ってくださいました。その中に茶碗蒸しがあって、しいたけが入っていたのですが、私はどうしてもそれだけ食べられず、おわんの中にそっと残したことを覚えています。幼稚園の庭で写真をとって下さり、とてもよい記念になりました。

私の結婚のお祝いにいただいた赤い、すてきなテーブルクロスは普段使うのはもったいなくて、今でも私のピアノの上にかけてあり、先生の思い出は、先生の穏やかな笑顔とともに私の心に残っています。

真知子さんは、昭和三十一年卒園で、国立音楽大学卒業後、フランス留学。パリ・エコール・ノルマル音楽院卒業。滞仏中、演奏会に出演し、帰国後は東京、広島、北九州で室内楽リサイタルを開催するなど、ピアニストとして活躍してこられ、今は広島文化学園大学講師。広島県廿日市市在住。『伴谷真知子ドビュッシー&サティを弾く』のCDを全国発売している。

また、ご主人の伴谷晃二さんは、カワイ音楽教室発行の月刊誌「音のゆうびん」47（99年2月）～54（00年11月）に、かずよの詩「とかげのあかちゃん」「うまれたよ」「こおろぎでんわ」「たんぽぽ」「つきよ」「みのむし」を作曲、連載していただいた。

かずよの初恋

若さと情熱を幼稚園児たちにぶっつけたかずよは、青春まっただ中でもあった。

高校の先輩で、一橋大学に進学したKさんは、登山好きのロマンチストのようだった。かずよには高校在学中から関心をもっていたようだ。かれは帰省のたびに、かずよに近づき、楽しい山登りの話をし、「一緒に山に行こうよ」と誘っていた。かずよも好感を持っていた。

だが、宿泊を伴う山旅に行くことを、兄は頑として許さなかった。手紙のやり取りもあったのだろうけれど、それらは焼却処分したのだろう。しかし、写真だけは大事に残していた。りりしい学生服姿の好青年だった。かずよにとって、ほのかな初恋の人だったと思われた。

園児たちに人気抜群だったことは、いやでも父母たちにも目立っていた。その中には、身内の警察官と見合いや交際の誘いを熱心にする人もいた。かずよには、その気はさらさら無かったようで、かなりもてあまし気味だった。

児童文学の先輩からも、なにかと誘いをかけられていた。児童文学に目を向けたばかりのときでもあり、むげに断れない感じでもあったが、年齢の開きなどから、差しさわりのないようにさけていた。

かずよが、ぼくを知って間もないころ、ぼくに連絡も無く、突然、一人で我が家を訪ねてきた。当時、ぼくは北九州市小倉北区江南町北の貧乏長屋に両親と弟妹三人と、ひしめくように暮らしていた。狭い路地の行き詰まりの、見るからに汚い家だった。

ぼくの母は「キリギリスみたいな人じゃったよ」と言った。細身できゃしゃに見えた若い女性に、まず健康上の不安を持ったようだった。ぼくは、かずよの大胆さに驚いた。それほど親しんでもいなかったころでもあり、「偵察に来たのかな？　こりゃまずい」と、心中うろたえた。

ぼくは、高校、大学ともに勤めながらであったし、卒業後も九州大学文学部に聴講生として通っていた。異性に強い関心を持ちながらもさっぱりもてなかった。また、ふられるのかなと思った。

後に、かずよは中学時代から、最も尊敬した神塚正喜先生への手紙の中で、ぼくのことを、こんなふうに書いていた。


主人は男ですが、何故か、私にとっては、母のような存在。結婚以来、よく、私をここまで育ててくれたことです。

貧乏のどん底で、しかし、正直な働き者の両親の姿を見ながら六男五女の七番目として生まれた主人です。

苦学をしながら、自分も、弟二人妹一人も学校へやり、両親もみました。

強い精神と、やさしい広い心を持った人です。

母の無い私にとって、四人の子どもを生み育てる間、男である主人(決して女性的な面はないにしても)は、実の母親以上に、私を助けてくれました。

かずよは、ぼくの家に来たことを、ひとことも語らなかった。

赤い糸がしっかりと結びつけてくれたのだろう。

余談だが、江南町には、『無法松の一生』の原作『富島松五郎伝』を書いた岩下俊作さんも住んでおられた。ぼくは、新聞社に勤めていたので、文学関係者のお使いで岩下さんのお宅を何度か訪ねた事があった。玄関に出迎えてくれた先生は「オー、オー、オー」と、ねぎらってくれた。大作家の風貌に接しただけでも、ぼくには、ひそかな喜びとなった。

内助の功

前にも書いたように、「小さい旗」に参加したぼくが、学生時代、最初に翻訳した中国童話は「三娃《さんわ》と小さな金色の馬」(李白英・作)だった。四百字詰め原稿用紙十二枚で、2号(一九五六年一月発行)のトップに掲載された。

その後同人になったかずよに、ぼくは先輩づらをしていたのだが、誠に恥ずかしいことながら、すぐに化けの皮をはがされることになった。

当時、中国の新しい童話を翻訳する人は少なかったようで、ぼくの幼稚な翻訳も人目を引いたのか、中国児童文学研究会を立ち上げる話が東京を中心に起こり、ぼくも誘われて会員になった。中国民話の研究・翻訳で著名だった君島久子さんたちが中心だったと思う。

実業之日本社が学年別『世界の童話』を出版することになって、中国児童文学研究会にも参加を求められたのである。ぼくは三年生用に先の童話を出すようにといわれ、原稿枚数は六枚ということだった。十二枚の原稿を六枚にせよという注文に、ぼくはぎょっとした。「そんな無茶な」と嘆いていると、妻となっていたかずよは笑って、「そんなの、わけないよ」とばかりに、ずたずたと削りこんでいく。「あっ、あっ」と驚くぼくを尻目に、六枚にしてしまった。こうしてまもなく『世界の童話三年生』は出版された。題名も「三ちゃんと金の子うま」になったのである。

はじめて頂くことになった原稿料だが、神様、仏様、かずよ様と、頭の上がらないスタートとなったのである。ともかく二人の共同制作であり、児童文学にかかわり続けることになった記念すべき作品なのだ。ぼくたちの原点、ここにありというものである。

三ちゃんと金の子うま

三ちゃんという、まずしい少年がおりました。小さいとき、よくばり地主におさめる小作料がたりなかったので、むりやりつれていかれて、ひつじのばんにやとわれました。

三ちゃんは、ひつじをおって出るとき、いつもみじかいふえをもっていました。ひつじたちが草をたべはじめると、三ちゃんは木かげでふえをふくれんしゅうをしました。

三ちゃんは、大へんじょうずにふくことができました。

ある日のこと、三ちゃんはふえをふいているうちに、だんだんたのしくなってきて、つぎからつぎと、すばらしいきょくがたえませんでした。ますますむちゅうになって力がこもったとき、とつぜん空から、

「ほっ、ほっ、ほっ……。」

と、こがね色の子うまがとんできました。三ちゃんが、あれあれと、あっけにとられているうちに、子うまは三ちゃんの目のまえに立って、はなしかけました。

「ぼくは金の子うまです。ふえの音《ね》が大すきなのです。あなたのふえが、あんまりじょうずなので、つりこまれてきたのですよ。」

三ちゃんはびっくりして、あとずさりしましたが、金の子うまが熱心にふえをふいてくださいとたのむので、やっと安心しました。三ちゃんが、おとくいのものばかり三きょくほどふいてやると、金の子うまは、よろこんでおどりだしました。

ふえの音がおわると、金の子うまが、ふしぎなことをいいました。それは、あの高い山のいわの上に、ひょうたんのなえがあって、それに、まい日まい日、水をかけてやると、どんどん、つるがのびて花がさき、ひょうたんがなるというのです。このひょうたんをいわにむかって三どふると、いわの戸がひらきます。なかにはめずらしいたからものがたくさんはいっているというのでした。

三ちゃんは、その日から、ひつじのばんがすむと、山のふもとで水をくんで、いわの上のひょうたんのなえにかけてやりました。

ひょうたんのなえは、どんどんのびて、まつの木にはいのぼるほどになりました。まもなく白い花がさき、それがおちると、大きなひょうたんがなりました。

ある日のことです。三ちゃんが水をかけおわったとき、にわかに風がふいて、大雨がふりだしました。ひょうたんのつるが風にふきちぎられてはたいへんと、三ちゃんはまつのきにのぼって、しっかり両手でまもってやりました。風と雨がおさまると、こんどは、ひょうたんがおちないように、木にくくりつけておきました。そうしているうちに、日はとっぷりくれてしまいました。三ちゃんは、しかたなくその夜は、まつの木の下でねむりました。

あくる朝、よくばりだんなは、三ちゃんが、ゆうべかえらなかったので、かんかんにおこって、どなりつけました。三ちゃんは、おそろしさにあわてて、これまでのことを、すっかりはなしてしまいました。

よくばりだんなは、

「よいことをきいたわい。」

と、よろこんで、さっそくひとりで山にのぼり、いわの上のひょうたんをみつけました。

わしづかみしてもぎとると、いわにむかって、大きく三どふりました。

がーん……と、ものすごいひびきをたてて、いわがあきました。なかには、目もくらむばかりのたからもの。よくばりだんなは、はいるだけのたからものを、きもののなかにつめこむと、すぐに、ろばをつれてこようとおもいました。

ところが、あまりいそいで、ひょうたんをふりながら、あわててとびだしたので、いわかどにあたまをぶっつけて、ひょうたんとともに、こなごなになりました。

みんなが、よくばりだんなのそうしきをしているとき、三ちゃんはひとりでいわをはいのぼっていきました。ひょうたんはねじきられ、みじかいきりかぶだけが、のこっていました。三ちゃんは、足をふみならしてくやしがりましたが、やがて、ふえをとりだし、しずかにふきはじめました。するとまた、金の子うまがやってきました。

「しんぼうづよく、もう一ど、水をやってごらん。きっとまた、つるがのびて、ひょうたんをならせることができますよ。」

こういって、金の子うまは三ちゃんをはげましました。げんきづけられた三ちゃんは、また、水やりをはじめました。くる日もくる日も、水をはこびました。つるはのびて、まつの木にとどき、花がさいて、みがなりました。そのひょうたんの大きいこと、ひとますほどもありました。

三ちゃんは、大よろこびでふえをふくと、また金の子うまがやってきました。ひょうたんをとって、いわのかべに三どふりました。

がーん……と、いわはうなりをあげて、ひらきました。

なん百というにじが一どにさしこんだようなたからの光がながれ出ました。三ちゃんは、いきをのんでおどろきましたが、そのなかのほんのすこしばかりをとりました。

「どうして、もっとたくさんとらないの。」

金の子うまは、ききました。

「なにもしないで、なまけて、たべるばかりでは、山やうみほどのたからがあっても、すぐになくなってしまうだろう。ぼくには、りっぱな両手があるのだから、どこへいっても、じゅうぶんにしごとができるよ。これこそ、たべてもたべても、たべつくせないし、いくらつかっても、つかいきれないたからものだもの。」

と、三ちゃんが、いいました。

「そうです、そうです。あなたは人げんの両手こそ、ほんとうのたからだという、だいじなことがわかったのです。」

金の子うまは、すっかりかんしんして、もう、ようのなくなったひょうたんを、まえ足でふみくだくと、すうっと、空にまいあがって、みえなくなってしまいました。

もう手にすることの出来ない本と思われるので、あえて全文を書き写した。この作品にこめられた寓意が、ぼくにはもちろんのこと、かずよにとっても、びんびんと心にひびいたことはいうまでもない。

本が出たあと、ぼくは念願だった新聞記者になって、一九六一年四月から山口支局員周東駐在、佐賀支局員、島原通信局長と六七年二月まで、転勤してまわった。

本は何度も版を重ね、そのつど、転勤先に追いかけてくるように原稿料が届けられた。六枚の原稿なのでわずかなものではあったが、ぼくはうれしくてうれしくて、そのつど、本を買い取って、取材先でお世話になった人たちに、「こんなこともしています」と言って、プレゼントしていた。

また、転勤を一番喜んだのは、かずよだった。子育ての真っ最中でもあったのだが、新しい土地の人たちにすぐにとけこみ、食べ物や地域文化に好奇心の目を輝かせて、生き生きとしていた。

初任地の山口県周東町では天神様の社務所を借りていたのだが、広々とした座敷に、近所の子どもたちを招き、「セロ弾きのゴーシュ」などの幻灯を見せたり、絵本の読み聞かせをしたり、楽しんでいた。長崎県島原市では地元の島原新聞に童話「ピエロの笛」を連載したこともあった。

ぼくらの転勤中は「小さい旗」は、休刊していた。

Ⅳ　初めての詩集

日本児童文学者協会創立40周年・「小さい旗」創刊30周年記念「講演と朗読のつどい」にて。前列左から安藤美紀夫、かずよ、椋鳩十夫妻、後列中央高橋さやか、右へ平吉、久冨正美、各氏と一緒に

処女詩集『馬でかければ』

「みずかみかずよさんはどんな人ですか。あなたの詩を読んでいるとりんりんと胸がなります」

一九七六年、鹿児島市在住の児童文学者の椋鳩十さんから、かずよが初めていただいたはがきである。かずよは、狂喜して、このはがきを抱きしめた。

「小さい旗」に詩を書き続けていたのだが、月例会で詩を読んでも、なんとも言われず、「小さい旗」に掲載されても、ほとんど反響はなかった。

椋さんのひとことによって、勇気百倍のかずよとぼくは、自費ででも詩集にしてみようか？と思うようになった。

このひとことをいただく二年前の一九七四年一月、かずよは、読売新聞社、ＦＢＳ福岡放送、北九州市教育委員会など主催の「愛の詩キャンペーン」に応募した「愛のはじまり」が金賞一席になっていた。

このときの石山滋夫先生の選評が、かずよを大いに励ますものとなった。

「……応募された作品の中には、自分のナマの感情を未消化のまま投げ出した類のものが多く、しかし反面では、いささかも手垢のつかないみずみずしい発想や、ときにハッとするほど天衣無縫な感覚など光っていて、選者の一人としてとりわけそのことは頼もしく楽しく感じました。

なかでもみずかみかずよさんの『愛のはじまり』は傑出しています。ぜんたい平仮名で柔らかく表現してありますがどうして中身はなかなかきびしいものです。

作者が主情におぼれず詩としての客観性を確立できたのは、その抑制の確かさにあります。それだけにこの詩には奥行きがあります。深みがあります。心が形に結晶している、といいかえてもいいでしょう……」

かずよは、生まれてはじめていただいた批評に、興奮した。

詩集処女出版に当たって、まずは椋さんにお言葉を寄せていただきたいと思った。恐る恐るお願いの手紙を差し上げたところ、意外とあっさり、「おお、いいよ」と快諾してくださり、はずみがついた。

福岡市の葦書房社長だった久本三多さんに相談すると、「待ってました」といわんばかりに、懇切な説明とともに、自ら編集に当たってくれることになった。何度か生きのよい玄海の魚料理をごちそうになりながら、とんとん拍子でことは進み、表紙・さしえは「小さい旗」の同志・久冨正美さんにお願いした。

椋さんの『馬でかければ』によせて」の前書きは、かずよを感激させた。その一部を紹介する。

「みずかみさんの、てらいも、気どりもない、素直な詩風が、恍惚として自然の中にひたる詩心が、遠くの霞のように、立ちのぼっているウィットが、年老いた私の心に、はるかなる少年の日を、再びよみがえらしてくれるのであろうか。

みずかみさんの詩には、そっと、心の中に、しのび込んで来て、人の心を素直にし、浄めるようなものが、ひそんでいるような気がする。

私は、みずかみさんの詩が、たいへん好きなのである。」

『馬でかければ』は、一九七七年五月に出版。七月末には、中国文学者で学士院会員の目加田誠九州大学教授ら約四十人が北九州市八幡東区の勤労者会館に集まって、心のこもった出版記念会を開いてくださった。

幸運なことに、この詩集の中の「あかいカーテン」が、光村図書の『こくご二上たんぽぽ』に、八〇年度から八五年度まで採用された。そんなこともあって、すぐに重版になった。前にも載せているが、再度掲載する。

あかいカーテン

大工さんたちが
ノミやカンナをかたづけて
かえりじたくをはじめると
たちかけの家はだまりこんでしまう
骨ばかりじゃさむいので
あかく
あかく

からだいっぱいはりめぐらした
ゆうやけのカーテン

さらに一九七九年には再び、椋さんに序文をお願いして第二詩集『みのむしの行進』を出版した。

こうした二冊の詩集が世に出て、一九八〇年から小学校国語教科書に、かずよの詩「あかいカーテン」「ふきのとう」「金のストロー」「つきよ」など七詩が相次いで掲載されるようになった。

子ども読者と熱い交流

四国の愛媛県大洲市の小学校から、かずよに大型の封書が届いた。

「ぼくはきよもとしんじです。ぼくはあかいカーテンがすきです。どうしてかとゆうとぼくのおとうさんがしゃかんです。おとうさんはしゃかんはだいくもできるといったからぼくはあかいカーテンのいえをたてたいです」

画用紙いっぱいに、教科書の「あかいカーテン」の詩を一字一字力をこめて書き写し、絵もていねいに描いてあった。裏面に「二うめ」と学年、クラスを四角囲みの中に入れて、先のたよりが書かれていた。

同封のK先生のお便りには、「かれはいわゆる問題児で、学習不振児でもあり、二年進級の時には特殊学級に入級させては、ということになっていたそうです」とあった。「あかいカーテン」の学習の時、担任の先生に、「絵を描いてもいい」ときいて、画用紙に真っ赤なカーテンを描いたそうである。絵をほめると、「ぼく、このあかいカーテン大好き」といって、一生懸命に詩も書いて、さらに何べんも詩を書いて、覚えてしまったという。

国語を一生懸命勉強するようになって、お母さんもびっくり。絵を描くことも好きになって、秋の写生大会で入賞したという。「水上さんの詩が二年生の心に希望を、明るい豊かな夢を植えてくださったんですね」と、先生のたよりである。そして、「しんじ君にお手紙を書いてあげてください。かれはきっときっと大喜びすることでしょう」とあった。

かずよは、もちろんすぐに心を込めて六枚も書いた。担任の先生にも感謝の言葉を添えた。

先生は大喜び、急いで教室に向かった。

「しんちゃん！　いいもの見せてあげる」って、大声あげていました。みんなびっくりです。

「なーに、先生！　はよいうて」と、いつもの大声でしんちゃん。

「あてたらえらい！」

「うーん、わからん。はよ、はよ」

「びっくりするもんよ」

「かえる？　へび？」と、みんなが勝手なことを口々に……。

「ゆうびんに、かんけいあり！」

「だれからじゃと思う？」

転校していった友達の名前など次々あがる。

「はずれ」

たくさんの名前のあとに、おもむろに……。

「み・ず・か・み・か・ず・よ・さ・ん」

「えっ」と、一瞬考えこみ、キョトン。

「わ、わ、わかった！」と、しんちゃん。

「あかいカーテンの大工さん！」

「大当たり！」と、後ろ手から手紙を出す。

「うそっ、うそでしょう先生」と女の子。

「国語の本のみずかみさん？」

「そうよ！」

「うわ！　いいな、しんちゃん！」

「はよ、あけてごらん！」

「先生、あけて！」

「いやよ。しんちゃんに来たんだから、しんちゃんがあけなきゃあ！」

四十人の目が、真っ白い封筒にくぎづけ！　教室中、水を打ったように静か。

「読んでごらん」

「しんじくん。お・て・が・み……」

と、二枚のびんせんを読むのに五分もかかったのです。しかし、ほんとうにうれしかったのでしょう。長いことかかって全部読んでくれました。

「先生！　しんちゃんのじゃあ、意味わからん」

「ほんとね。じゃあ、先生読んでいい？」

こうして読み上げると、「先生、あかいカーテン、おぼえとるよ」と、数人の声が上がった。教室は、われんばかりの大声で、「あかいカーテン」の大合唱になりました。

しんじ君は、グループの四人を引き連れて、隣の教室の先生や特殊学級の姉ちゃん、とうとう校長室まで行って見てもらったそうです。

「校長先生がのー、おめでとうだって、ほんとうにおめでたいんかのー」

みんなに見せて回った後、しんじ君は手紙を大事そうにポケットに入れ、片手で押さえて、片手でほうきを持ち、無心にゴミを集めていました。

「先生、ここらへんで切手どこに売りよるかのー」と聞いたり、「先生、かけざん百回ゆうたらおぼえるかのー」って聞いたんですって。

「やはり、かれ、変身しかけています」と先生の話である。

椋鳩十さんの励まし

――みずかみかずよさんの詩を、私はずいぶん前から愛唱している。ういういしいものが、いつも、そこはかとなく含まれていて、美しい花の蕾を思わせる。新しい世界にむかって、パッと花開こうとするそういう魅力が漂っている。

こんどの『みのむしの行進』も、かずよさんは自分の手で、新しい宇宙の境目の幕を静かに開いたといってもよい詩集だと私は思う。この詩集のどこを開いてみても、日本がある。それは、日本精神といった肩を張ったギッコンギッコンしたものではない。

庶民の心である。貧しいながら長い長い年月をかけて、庶民たちが生活を愛するために、生きることを賛美し楽しむために、育てて来た心である。

この詩集には、そうした日本の心が、庶民の情緒が、村祭りの太鼓の音のように、トコトン、トコトンと鳴りひびいている。

この詩集を手にとって見て下さい。何ともかとも、ひたすらに楽しいじゃありませんか。現代の日本人から置き去りにされた、日本の庶民が育て上げた情緒の再発見と私はこの詩集を解釈するのである。そういう意味で、私はこの詩集は、たいへん重要な意味を持つ詩集だと思う。しんじつそう思う。

これは、処女詩集の『馬でかければ』が意外な好評だったので、二年後の一九七九年、『みのむしの行進』（画・久冨正美、葦書房）出版に再度挑戦し、椋鳩十先生に書いていただいた序文である。表題作を挙げておこう。

みのむしの行進

やあ！　やあ！
茶がらみたいな袋から
みのむし　みのむし
顔をだせ

青桐の枝をのぼれ
ピラカンサの朱い実にさがれ
電線をわたれ
横断歩道をわたれ

なかまどうしが呼びあって
むしろ旗になったりして
陽だまりのなかをあるけ
ひなたのにおいをまいてゆけ

ほうれ！　ほうれ！
銀の糸一本ひからせて
みのむし　みのむし
おりてこい

『馬でかければ』を思い切って二千部作って重版になったいきさつもあって、『みのむしの行進』は三千部にした。だが、こちらはさほど評判にならなかった。でも、この二冊の少年詩集で、かずよは詩人としてゆるぎない足場固めをしたことになった。

なお、椋先生は『みのむしの行進』について次のような手紙を寄せてくださった。

「啓上。これは、たいへん優れた詩であり、現代にとって重要な意味をもつ詩集と思います。

現代の児童文学の評論家の多くは屁理くつばかり並べ、大上段にかまえたもののみを優れていると思いちがいしていますが、この詩のように、直接心にうったえるもの、霧のような情緒が心にからみついて心を浄めるもの、これこそ大切だと思います。

私はこの詩集は、今後児童文学の先駆的意味を持つものと信じます。こういう詩のわかってくれる評論家や文学者が多く出ることが子どもたちにとっては幸福と存じます。

こんなことを序文に書くと詩集までたたかれますので……。

たいへん独断的な序文を書きましたが、お気に召さないようでしたらお捨てになってかまいません。」

なによりも椋鳩十先生のおかげで、更に大きく羽ばたくことになるのだった。


また、この頃絵本も出版することが出来た。当時、葦書房に勤務していた福元満治さん(現在石風社代表)が「絵本・語りつぐ戦争」シリーズの企画立案者となって、まっ先にかずよに執筆依頼をしにきたのである。

かずよは八幡大空襲のとき、岡山県の農村に疎開していて、直接、戦禍の体験がないからと断った。だが、そんなことでひるむ福元さんではなかった。『みのむしの行進』のなかの「ひな人形はかざらない」が書けるあなたが、「実体験がないから書けない、などといってはいけません。想像力豊かなあなたに書けないなどとは言わせません」と執拗に迫ったのである。

かずよは根まけして書きはじめた。書きあげたものを、椋鳩十先生に電話で聞いてもらうと、椋さんは「うんうん」とうなずきながら聞いてくださり、聞き終わると、「いい話だね。だがね、かずよさん。主人公が死んでしまって終わるのはよくないよ。児童文学は生きる文学でなけりゃあいけないよ」と、やさしく励まして下さったのである。

かずよは何度も書き直して、仕上げた。こうして絵本・語りつぐ戦争1『南の島の白い花』（絵・久冨正美、葦書房）が八〇年八月に出版された。

少年詩集『こえがする』

二冊の自費出版による詩集が、意外なほど好評で、さほど赤字にもならなかったことから、商業出版で出してもらえないかと、ぼくとかずよは大きな夢を描くことになった。

そのことで、やはり、恐る恐る椋鳩十先生に相談すると、先生は、あっさりと「おお、おれに任しとけ。詩集になるだけの詩をまとめておきなさい」と言ってくださった。

当時、椋さんは、理論社から『椋鳩十の本』全二十五巻を刊行中だった。同社の山村光司社長(当時)をはじめ、幹部の方々が同じ長野県出身者であったりして、つながりは強固な感じだった。さらに同社は「詩の散歩道」など詩集出版に意欲的だった。ここで出していただけたら最高の栄誉だと、かずよとともに胸をワクワクさせ、大きな夢を抱いた。

それからの椋先生の、かずよに対する励ましは、ものすごいものだった。先生からの電話やおたよりの一部を紹介させていただく。

「かずよさん、書いているかね。あんねえ、亭主などかまってちゃだめだよ。一日一つ書いても一ヵ月で三十だろう。百や二百はわけないよ。今、飯田にいるよ、大根の花がみごとだよ」

椋先生の郷里の近く長野県飯田市から、この電話をいただいて、かずよは震え上がるほどの喜びだった。もうがむしゃらに机にしがみつく感じで、それこそ、宿六のぼくなどほったらかしだった。

みずかみかずよ少年詩集『ひかりのなかで』と題をつけ、十二の小見出しをつけて、百九枚の原稿にまとめたものを、椋先生にお送りした。懇切なお手紙がかえってきた。

「詩稿たいへんよいと思いました。この調子ならものになりそうですね。

①直接植物そのものを歌う方法
②植物と人間とをからみ合わせる方法
③植物と美しい、悲しい思い出とをからませる方法
④植物と昆虫
⑤植物と動物
⑥植物と風景
⑦一行詩的なおあそび

考えるといろいろの形のものが幅広く考えられますね。いろいろやってごらんなさい。Ⓐ野草図鑑Ⓑ庭園植物図鑑Ⓒ花の木Ⓓ昆虫図鑑Ⓔ万葉植物図鑑などという図鑑などみていても幻想がわくかも知れません。

植物や昆虫の写真集を折々本屋で立ち読みしたり、図書館に行って見ることも大切。図書館などに行くと環境がちがうので、案外に想がわくかも知れません。

たまにはコッケイな詩なども入れてみてもよいですね。

百五、六十編つくってごらんなさい。

どこかで出版してくれるよう努力します。」

かずよは、理論社にも送った。だが、現実は厳しいものだった。編集者のOさんからお手紙を添えて、原稿は返送されてきた。手紙によると、

「詩集の原稿の件、大変気になっております。実は体調を崩し休養していた関係上ご返事が遅くなり申し訳ありません。病に伏された後のすがるような生への思いが深く心に残りました。私も胃を切除した体験があるものですから、生命に執着される心の振幅は非常に身近に感じました。過日手紙でご連絡申し上げましたように、現在のところ詩集のシリーズについてはひと区切りがついているようです。そこで拝借いたしておりました原稿、お手許にご返却申し上げます。ついては、時間ばかり費やしてしまいましたこと、どうかおゆるし下さい。以上簡単ですが、お便り申し上げます。」

なお、Oさんは、健康上の理由もあって、退社することになられたということだった。心のこもった文面に、かずよは感動しながらもプロの世界の厳しさにシュンと落ち込んでしまった。椋さんに報告すると、椋さんは、「出版社はそこだけじゃないから」と、励ましてくれた。かずよは、あきらめかけていた。

ちょっと時間はかかったが、改稿とともに、『馬でかければ』と『みのむしの行進』のなかの詩も取り込んで、編集しなおされて「詩の散歩道」(全12巻)に加えられ『みずかみかずよ少年

詩集　こえがする』（箕田源二郎・絵）で理論社から一九八三年四月出版された。
椋鳩十先生のお力添えの賜物と信じている。椋さんからは、「詩集、箕田さんの絵、来春には出版される由、たのしいですね。記念会も盛大にやらなければならないですね」と便りがあった。この詩集から教科書に詩を採用されることが多く、〇九年一月までに二十二刷りになっている。

転勤もまた旅心

ここでちょっとふりかえって、かずよが本格的に詩作に入る前のぼくらの生活の経緯を紹介しておきたい。

結婚後、二人の女の子が生まれ、サラリーマンとして順調に暮らしていたのだが、一九六一年九月十五日、ぼくは二十九歳、山口支局員（周東駐在）の辞令が出た。憧れだった新聞記者として試されることになったのである。

さあ大変だ。ぼくは喜びとともに緊張し、引っ越しのわずらわしさにあたまをかかえた。

ところが、ぼく以上に喜んだのがかずよだった。かずよにとって、いっしょに暮らしていたぼくの両親、四軒隣の異母兄の支配から離れられることに解放感をもったのではないかと思う。しかし、そんなことも多少あったかもしれないが、それよりもなによりも、最大の理由は、かずよ生来の好奇心と旅心の刺激で、自由への憧れにあったと、あとで気づいた。

最初は記者修行のため支局で勉強しなければということで、山口市に単身赴任することから始まった。県警察本部、市警察署、県庁、市役所などを巡るのに、まず自転車に乗ることから練習しなければといった、世話のやける新人だった。たまの休みに、かずよが娘を連れて山口に来てくれれば、湯田温泉で旧婚旅行気分に浸れるのが唯一の楽しみ。

周東というのは、岩国―徳山間に国鉄岩徳線が走っていて、そのほぼ真ん中に玖珂郡周東町があり、ここを拠点に広島、島根と県境で接する郡部がぼくの受け持ちだった。ここで一つだけ駆け出し時代の自慢話をきいてもらいたい。

ぼくの縄張りの隣接地、熊毛郡熊毛町八代にナベヅルの飛来地があって、そこの中学生たちがナベヅル研究に取り組んでいた。その成果を取材し、写真を借りたりして記事にしたところ、山口版全面の約九割を独占する紙面にしていただいた。さらに、町長に「ソ連(当時)大使館にあてて、シベリアでのナベヅルの生態を知りたいという手紙を添えて、中学生たちの研究成果とともに送ってみては」と、たきつけた。後日大使館から資料とともに懇切な便りがあったと伝えられた。この記事は支局を通じて西部本社管内(九州、山口、島根県石見地区)はもちろん、東京本社発行の紙面がずば抜けていて、なんと一面のへそ(紙面中央)に「ツルが取り持つ日ソ親善」と目立った扱いで報じられた。

さて、その後、一九六三年十月佐賀支局員、六四年四月島原通信局長と転勤。そのつど、かずよは喜々として電話番や近隣との親交などで内助の功をはたしてくれ、大いに助かった。島原では、六五年一月八日から地元の島原新聞に童話「ピエロの笛」を水上多世の署名で七回連載したのには驚かされた。

島原で『まぼろしの邪馬台国』の作者宮崎康平さんと和子夫人に、かずよを紹介しなかったことが残念でならない。宮崎ご夫妻には取材上はもちろん、私的にも大変お世話になりながら、このことに気づかなかったのは、ぼくの間抜けぶりの最たるものだった。

六七年三月、西部本社校閲部員となって、新聞記者時代は終わった。

北海道への大旅行

かずよの中学、高校時代からのごく親しい友人だったNさんから、スイス旅行の楽しい報告を写真とともに送ってもらったことがあった。「かずよさん、ぜひとも行ってほしい！きっと素晴らしい詩が書けるわ」とあった。ご主人は新日鉄の幹部職員でもあって、実にうらやましい限りだった。

ぼくも、かずよとともに旅行をしたい気持ちは山々だった。だけど給仕上がりのペーペーの立場ではそれどころではない。そんなぼくだったが、労働組合の西部支部委員長をやってくれという話が持ち上がっておおさわぎになった。委員長になって組合専従となれば、職場は労働強化につながるわけで反対意見が圧倒的だった。ハムレットみたいな境地に陥って身動きできない状態である。最終的には労働組合の存亡にかかわることとなって、委員長を受諾せざるをえないことになった。これが、ぼくにとって加重労働になり、体調を壊しかけたこともあった。

この間、出張などで忙しくて留守がちになり、かずよにも大変苦労をかけた。せめてもの償いにと、任期満了後、休暇をとって北海道旅行を計画した。かずよ健在中での最大のイベントだった。七五年七月のことである。

札幌市内観光を手始めに、クマ牧場、阿寒湖、摩周湖、知床半島の船旅、根室など道東中心の大旅行となった。かずよは興奮してはじけるように詩を書いた。

摩周湖

みがかれたガラスのうつわに
つゆ草いろの
青空をくんで
ひかりのテーブルに
そっとおいた

たれも

手をふれることはできない
たれも
飲んだひとはいない

たちまち
霧の手品師が
白いポケットにいれてしまう

白いあし――美幌峠から斜里へ

目をとじても
目のなかはまぶしいみどり
牧草地をくぎる
だけかんばのすあしが
ラインダンスをするようだ

すきとおる風に
洗われて
あざやかな白さ

オホーツク海

ひろい空と
だまってむきあったまま
あおい海は
ひとりぼっち
大きく手をひろげて
だいてあげようとしても
なにもない

うたもきこえない

わらうことも
なくことも
おこることもないから
にぎやかだった
ふゆの流氷たちを待ちながら
海はたいくつしてしまった

カニをのせた汽車――根室から釧路へ

「まあ　きれいなカニ!」
ゆであげられたカニは
アマリリスみたい
「花咲ガニっていうんだよ」
「そう　町も花咲っていうのね」
夕風をふきこんで汽車が

海べの町をすべり出すと
よせ合ったひざの上に
ぱあーっと咲いたカニ
おたがいにうつむいて
ぽりぽりとあしをかんだり
つうーっとしるをすすったり
汽車はいつのまにか
そんな人たちでいっぱいになった
カニをのせた小さな汽車は
いい気持ちものせて
一番星に向かって走っていった

「小さい旗」の復刊

本社勤務になって、深夜勤や宿直など不規則な勤務に戸惑うこともあったが、地方での記者活動の二十四時間緊張状態からの解放を思うと、気楽なものに思われた。そこで、ぼくらが留守の間、休刊になっていた「小さい旗」のことを考えた。かずよと二人だけの雑誌を出すことも一案だったが、待てよ、ともかくかつての同人たちの意向も確かめようと手紙を送ってみた。なんと全員から復刊を望む回答があって驚いた。よっしゃ、ぼくら夫婦が雑用一切引き受けようと決意した。

こうして一九六八年四月から「小さい旗」復刊の準備に入り、七月に18号を復刊号として出した。以後、平吉・かずよの二人三脚で主宰することになったのである。

このころ、日本児童文学者協会常任理事・横谷輝氏の責任編集で〈児童文学同人誌シリーズ全8巻〉（装丁・さしえ、梶山俊夫／牧書店）の出版企画が持ち上がり、全国の同人誌あまたある中から、わが「小さい旗」も選ばれて同シリーズ⑧『犬となでしこの服と和平どん』として出版されることになった。「小さい旗」創刊以来28号までに掲載した創作短編八編が選ばれたのだが、題名にもなった「なでしこの服」はかずよの作品だった。七一年五月出版の時、かずよは三十六歳で最若年。

横谷氏は解説にこう書いている。

「『なでしこの服』は、朝鮮人のキン・コウシンと、日本人の竹田佐知子との心のふれあいをかいた作品です。一年生のとき、佐知子はキン・コウシンと同じなでしこの服をきていたために まちがえられ、一生わすれられないほどの恥ずかしさを味わいます。だが、そのことから、なんの理由もなしに差別されている、キン・コウシンのくるしい気持ちがわかるようになり、二人のあいだに友情がうまれるのです。作者はこの作品をとおして、朝鮮人ということだけで、差別しがちなわたしたちのみにくい心を、えぐりだそうとしており、深く考えなければならない問題がふくまれているのです。」

ぼくは、この本の末尾に、小さい旗の会代表として「希望の小さな旗印を」の小文を書かせてもらった。この本が「小さい旗」にとって最初の出版物であり、同人誌として全国ベスト八に選ばれた感じで、うれしくもあり、責任の重さを痛感させられた。

なお、『犬となでしこの服と和平どん』の出版記念泊まり込み研究会を北九州市・皿倉山頂の山の上ホテルで開き、横谷氏、牧書店の田中庸友氏、当時福岡市に住んでおられたあまんきみこさんと山下夕美子さんも来て下さって大いに盛り上がった。ただ、山は荒れ模様で、木々が髪振り乱した魔女の頭のように感じられるなか、あまん、山下両氏は泊まらずにケーブルカーの動くうちに、下山されるのを見送ったのも深く印象に残った。

夫婦で市民文化賞

かずよのういういしいデビューというか、思いがけない世間の評価の中で、北九州市民文化賞に押しては、という声が出始めた。同人誌にかかわった人びとには、その発行のたびに、細やかに書評を書いていただいたことで、だれもが恩人のように尊敬した星加輝光さんからだった。さらに〝夫婦で〟という声もあがった。九州文学にかかわった方々にとってはおなじみの盲目の詩人・宮崎康平さんが『まぼろしの邪馬台国』を著して、和子夫人とともに、一九六七年、第一回吉川英治文化賞を受賞され、大きな話題となったことにちなんでのことではないかと思われた。

前にも述べたが、ぼくは一九六四年四月一日、島原通信局長を拝命し、六七年二月末まで、当地で記者活動をしていた。宮崎康平さんは貴重なニュースソースでもあり、ご夫妻に何かとお世話になった。ある日、「長崎県で一番おいしかコーヒーば(を)たてたけん飲みにこんね」と誘われ、喜んでうかがった。ところがいきなり、「『魏志倭人伝』ばちょっと読んでくれんね」と言われて、しどろもどろ、大恥をさらした。すぐに、和子夫人が流暢に読まれていたことを知った。

このとき、『まぼろしの邪馬台国』著作の最終段階だったのかどうか、定かではないが、お二人のライフワークとも言うべき宝の山にふれながら、そのことに気がつかなかった、うかつなぼくだった。ぼくが島原を離れる直前、地元のホテルで『まぼろしの邪馬台国』の盛大な出版祝賀会が開かれ、ぼくも参加させていただいた。

宮崎ご夫妻とぼくら夫婦では、〝月とスッポン〟ほどの開きがある。ともかく夫婦で受賞させれば少しは話題になるだろうといった感じかと思われた。ところが、「やっぱり、かずよさんだけになるかもしれん」と電話があって、「かずよだけでもしていただければ感謝感激です」と、祈るような気持ちで返事をした。

あけてびっくり。文学的領域でぼくら夫婦そろって受賞となり、昭和五十六年度（一九八一年）第十四回北九州市民文化賞表彰式が、十一月一日、門司文化センターで開かれた。「受賞されたかたがた」のうち、ぼくらについて次のように書かれている。

児童文学者集団「小さい旗」の会を主宰し、現在まで、児童文学誌「小さい旗」を61号まで刊行する。それを基盤に、水上夫妻や会の同人も多くの単行本を出版し、その一部は文部大臣奨励賞の受賞をはじめ、小学校の教科書にも採用され、二人三脚の活躍は全国的に高い評価を得ている。

また、昭和五十一年から「北九州子どもの本の学校」を開催するなど、母親の啓蒙活動を行い、地域文化の向上ならびに社会的使命も果たしている。

夫妻は、日本児童文学者協会に所属し、全国規模の活動を続け、児童文学を主導する立場にあり、今後とも尚一層の活躍が期待できる。

いっしょに受賞したのは美術的領域で二人、音楽的領域、その他芸能的領域各一人、計六人でそれまでの受賞者一覧では最多数の受賞だった。

くしゃみサンタさまへ

「小さい旗」同人の徳永和子さんは、かずよにとってかけがえのない親友だった。徳永さんは文庫活動の中から、創作に意欲を燃やすようになって参加してきた。男の子ばかり三人の母親だった。三男のジュン君がサンタの存在を信じているというので、かずよが面白がってサンタを買ってでたのだが、思いがけず深い友情に発展した。ジュン君はその後、二人の女の子の父親になり、勤めの関係でアメリカ、カナダに長期滞在しておられた。
和子さんが生前、かずよ追悼文として寄せて下さった「くしゃみサンタさまへ」を、そのまま紹介させていただく。

昭和五十七年（一九八二年）のクリスマスのことです。風邪をひいて寝こんでいた末っ子（当時四年）のもとに、突然、くしゃみサンタと名のる人からプレゼントとカードが届きました。

「お元気かい？　ぼくは、くしゃみ97回もしてる。うれしいね！　ぼくを信じてくれて。くしゃみサンタより」

息子は歓声をあげ、高い熱も吹きとんでしまいました。カードの字を見て、「あ、かずよさんだ」、私の胸はカッと熱くなりました。

当時、西日本新聞の「母と子の本棚」という小さなコラムに、サンタクロースを信じる息子のことを書いたのを見て、くしゃみサンタになって下さったのです。

「返事を書いたら、きっと夜中にとりにくるよ」という私の言葉を真に受けて、彼は懸命に返事を書き、私はひそかに、かずよさんに届けました。

「サンタクロースはおじいさんだから、わしというのかと思ったけれど、ぼくっていってるから、少し若いんですか」などと書かれた返事に笑いころげ、「一生でも、ジュンくんのサンタになっていたいわ」と喜んで下さいました。

翌年のカードは、

「ジュンくん、お元気かい。ぼくはやっぱりくしゃみしているよ。今年はひどくて102回。でもうれしくて、うれしくて、102回目のくしゃみは虹になったよ。ぼくを信じてくれてうれしくてね。うでをぐるんグルんまわして飛んでるよ」

息子は目を丸くして返事を書きました。

「くしゃみで虹がつくれるなんて、すごいなあ」

つぎの年のカードは、

「ジュンくん、お元気かな。ぼくは空気がきれいになったのか、くしゃみがへったね。たったの99回。やっぱりしぶきは七色の虹。われながら美しいなあと見とれたよ。くしゃみの虹なんて、だれにもまねはできないね」

そして60年のカードには、こう書かれていました。

「今年は空から白い手紙が早くとどきましたな。ハッハッ、ハックショーン。わしは、やせてやせて骨ばかりになってしもうて、今年の冬は寒さがこたえてならん。ジュンくんはいかが？　わるいかぜもはやっているらしい。わるい熱などだしてはいけませんぞ。ハッハッ、ハックショーン。骨からでるくしゃみは骨をゆさぶって、よけい寒くなるよ。むかしはくしゃみで虹をかけたこともあるが、今はそれもできない。骨のうたなどうたってみるが、かなしいね。クリスマスにやってこれただけでも、うれしいよ」

息子は、「かぜをひかないように、うがいをよくして、かんぷまさつなんかしてはどうですか。そんなにやせたら体にわるいですよ」といった意味の返事を真剣に書いておりました。六年生までは、本気で信じていたようですが、さすがにだれかがくしゃみサンタになってくれている、だれだろうと思いながらも心配だったのでしょう。

61年、くしゃみサンタから図書券が送られてきました。

「トクナガジュンサマ、スキナホンヲヨンデクダサイ。サイゴノサンタノオクリモノデス」

五年間、わが家に愛を届けてくれたくしゃみサンタがだれなのか、末っ子以外はみな知りながら、彼のゆめを大切にしたいと黙りつづけておりました。サンタの意思でもありました。

今年の九月、突然、高校生になった息子が、「くしゃみサンタは、いったいだれだったのかなあ」とつぶやいたのです。「そういえば黒崎のそごうの包み紙だったことが……」といいかけたとたん、「あっ」と叫びました。

「そうか、そうだったのか、あのときくしゃみサンタが病気だといったのは本当だったのか」

居合わせた家族は、しんと静まり、息子はじっと胸の重みに耐えているようでした。

くしゃみサンタさま。今でもくしゃみで虹をつくっていらっしゃいますか。

サンタを信じる息子にくださった愛は、私たち家族がかかえる痛みも癒《いや》して下さいました。わが家にかけて頂いた虹が色あせることはないでしょう。

ほんとうに、ほんとうにありがとうございました。

Ⅴ　病いとの闘い

自宅で自分の本を手にしたかずよ(86 年 11 月 10 日)

健康にかげり

『ごめんねキューピー』が、かずよにとって創作での最高のできばえと思われていただけに、出版社の経営不振による発行停止ということは、本人にとって大きなショックだった。さらに、追い討ちをかけるように、このころから健康にかげりが見え始めた。

まず腹痛を訴えるようになり、北九州市小倉北区の小倉記念病院で診《み》てもらったところ胆のうに砂状のものがあるということで、入院。手術するほどではなく薬で流しだすことが出来るでしょうということだった。

八四年七月、さらに腹痛がひどくなり、戸畑区の病院で診てもらったところ、胆石がありレントゲンの結果、親指大の真っ白いものが浮かび上がっていた。医師はぼくに「悪性の可能性があります。出来るだけ早く手術を」とうながした。「悪性」の言葉は避けてかずよに手術の必要性を伝え、本人の了解を得て踏み切った。

おなかからメノウのような美しい石が出るのかと勝手な想像をしていたのだが、結果はセメントの固まりのような汚いものでがっかりした。ただ「悪性ではありませんでした」の医師の言葉に、ほっとした。

やれやれと思ったのもつかの間だった。八五年春、健康保険組合から婦人のがん検診をするから奥さんに勧めてくださいと言われ、かずよに伝えた。ところが、胆のう手術で悪性ではなかったことを盾に、あっさりと検査お断り。このことが大きな裏目に出てしまった。

その夏、かずよの父のふるさとでもある岡山で、かずよの詩の合唱組曲（藤井修・作曲）をマスカット少年少女合唱団が歌ってくれるという案内があって、夫婦で出かけた。大井川を眺め、この川の上流で幼かったかずよは水遊びをしたものだと懐かしそうに、誇らしげに話していた。

夫婦だけの小旅行でもあり、合唱組曲の作詞者として、もてもての歓迎を受けるかずよはやや興奮気味で、ほおも紅潮していた。

だが、食欲不振が、ぼくには気がかりだった。

あと半年の命

胆のう手術以後、かずよは、健康に異常なほど神経を使うようになった。「あなたと健康」といった月刊誌を取り始めたり、整体といった民間療法にかかわったり、タイツを着てヨガのまねごとを始めたりした。

「どうしたんだ。どうかあるのか」と聞いても、あいまいな返事だけだった。「病院に行ったほうがいいのじゃないか」といっても、「もう病院はいいわ」と、つぶやいていた。体の不調を敏感に感じながら、何とか克服しようと懸命な努力を試みていたのだと思う。

下腹部の痛みは、子宮筋腫のような婦人病に起因することもあると、友人に言われ、産婦人科に行き、そこで医師から「胆のう手術をされたのなら、まず、そこに行くのが一番ですよ」といわれ、そうした。胃カメラで診断された結果、「紹介状を書きますから早急に胃の専門医に診てもらってください」ということだった。

八五年八月十二日、新小倉病院に行った。胃カメラによる検診の結果、医師はぼくだけを呼んで、「こんなになるまで、何をしてたのですか？　胃がんの末期症状です。あと半年、良くて一年の寿命です」と宣告された。

ガーン！　と大きな衝撃に、目がくらむ感じだった。言葉が出なかった。間をおいて、「本人に伝えて、身辺整理をさせましょう」と、つぶやくのがせいいっぱいだった。

「待って下さい。慌てないで下さい。本人には胃潰瘍ということにして、治療すれば治るといってください」

「はい」

このやりとりを、ぼくは忠実に守りとおした。

かずよの兄が八〇年四月、腎臓がんで死亡しており、かずよは見舞いをしていた。長い闘病期間、見舞ってくれた友人に、かずよは「がんかも知れんね」ともらしたことがあったが、ぼくとの会話の中では「がん」とは一度も言ったことはなかった。

遺書のつもりの三冊

ぼくになにができるのか？　ぼくは考えた。

一九八五年八月二十一日、胃と十二指腸切除手術。手術室の外で、長い長い時間、不安な気持ちで声もなく待った。手術終了。洗面器みたいな器に切り取られた胃が大きく広げられていた。声も出ない。かずよは麻酔のせいか、こんこんと眠り続けたまま病室に運ばれた。大手術にお礼の言葉も出ず、ただ深々と頭を下げるだけだった。

数日のうちに、かずよの血色が生き生きと輝くように感じられるようになった。

「先生、あれは、誤診じゃなかったのでしょうか」と、恐る恐る聞いてみた。

「いいえ。病院にいる間は、血色もよくなり、食事もとれるようになると思いますが、すい臓などへの転移もあって、決して楽観できるものではありません」と、厳しい見立てだ。

さあ、ぼくになにができるのか？　まず思いついたのは、本になるものは本にしてやることで励ましになるのでは、ということだった。かずよは生協の新聞に詩とエッセイ、幼年童話など連載していたし、新聞、雑誌などにも頼まれ原稿を書いていた。そうしたものをかき集め、大きな風呂敷に包んで、独立して間もない福岡市の石風社代表・福元満治氏に事情を話して手渡した。

福元氏は快く引き受けてくれ、童話集『ぼくのねじはぼくがまく』(絵・長野ヒデ子)、詩集『小さな窓から』(絵・久冨正美)、詩とエッセイ集『子どもにもらった詩のこころ』(絵・働正)の三部作として八六年十一月、同時に出版してくれた。

かずよは三冊の本にかかわったすべての人に感謝しながら、「わたしは骨に火をつけ、ムチ打ち、貧血で倒れても倒れても、おきあがりました」「太陽や風、雨や大地の恵みのなかで、今、わたしは、ひれ伏して、心からお礼申し上げます」と書いている。

「朝日新聞」家庭面(十一月二十一日)で「半生ふりかえり三冊一度に出版　いのちのあかしつづり合わせる」と大きく取り上げられるなどまずまずの反響に、ほっとした。

はめをはずす

八六年十一月、日本児童文学者協会創立四十周年と「小さい旗」創刊三十周年を記念して「講演と朗読のつどい」を北九州市小倉北区の小倉ホテルで開いた。講師は作家の安藤美紀夫、椋鳩十両氏。両講師の間でかずよが自作詩を朗読という設定だった。会場は六百席だったが、立ったままの方もずいぶんおられて超満員だった。両講師の魅力があってのことだが、かずよも大手術後とは思えないリンとした声で、大きな拍手をいただいた。この会に児童文学者の岩崎京子、皿海達哉両氏が遠路駆けつけてくださったり、かずよが団歌を作詞していた山口県宇部市の草の実少年少女合唱団の子どもたち約三十人も参加してくれて、かずよ作詞の合唱を披露するなど、大変はなやかな催しとなった。結果的にはかずよの三部作の出版記念をかねた形になり、「小さい旗」にとっては空前絶後の大イベントになった。

講演会が終わると、祝賀パーティー。ここで極めて私的なおかしな話だが、かずよはこの日のために、五輪真弓の「恋人よ」を歌おうと猛練習をしていた。もともとカラオケが大好きでもあったのだが、「恋人よ」に魅せられて、演歌指導にたけた女性を家庭教師として何度も招いて特訓を受けていた。だが、「むずかしい歌で、あなたにはちょっと無理な気がします」といわれ、あきらめざるを得ないことになって、当日はチマチョゴリに着替えて「アリラン」を歌った。ぼくは、こうしたかずよの姿勢に、あきれたり、ただならぬ気配を感じて、驚くばかりだった。

パーティーも大盛会のうちに幕を閉じ、二次会をホテル地下のバールームでおこない、さらに三次会を、近くのぼくの行きつけのカラオケスナックで歌いまくるといった、破目のはずしようだった。かずよが元気いっぱいホスト役を努めてくれたことが、驚きでもあり、喜びでもあったひとときだった。

単独上京を決意

日本児童文学者協会一九八七年度総会が五月十六日、東京・神楽坂の日本出版クラブで開かれるという案内状が届いた。このころぼくは、ほぼ毎年のように出席していたが、この年二月、新しいポストに異動させられ、「とてもいけそうにないなあ」と、ぼやいていた。

そばにいたかずよが「わたしが行こうか」とつぶやいた。

かずよは総会といったかたぐるしい会合は苦手で、これまで一度も出たことがなかった。

「えっ」と、耳を疑った。

「行ってもいいわよ」

かずよは、すました顔でそばにいた。

大病で手術と入院を繰り返して、はらはらさせたかずよとは思えないすました顔つきだった。

何を考えているのかわからないまま、岩崎京子さんと長野ヒデ子さんに、このことを電話で伝えてみた。

「いいじゃないの。歩かせないよう、わたしたちが面倒見るから、おまかせ下さい」とのことだった。

総会では、児童文学は末期状況では？　といった発言もあったようだが、かずよは発言を求められて、九州では桜島のように燃えていて、「小さい旗」も健在です。と胸を張っていたようだ。自分の健康上のことにも触れて、「それでもわたしの子宮は健在よ」と、大病の中でも女の生理は順調にあることを強調して、「あっ」と驚かせたそうである。伝え聞いたぼくもびっくりした。

岩崎京子さんの主催される「子どもの本の家」のみなさんにも大歓迎され、自作詩を朗読するなど病人とは思えないはしゃぎようで、おおにぎわいになったようである。

「遺書のつもりの私の三冊」として、前年秋に出版した童話集『ぼくのねじはぼくがまく』、詩集『小さな窓から』、詩とエッセイ集『子どもにもらった詩のこころ』のＰＲにも怠《おこた》りなく、「帰省後、サインして送ります」の約束で、ずいぶん買っていただいた。

翌日からは、「横浜文庫の会」や童話屋などで、子どもの本を愛するたくさんの人に出会い、自作詩を朗読したり、おしゃべりをしあったりで、もううきうきと大はしゃぎだったという。

長崎さんと横浜の一日

児童文学者の長崎源之助さんは、かずよの横浜観光の案内をして下さった。もったいないはなしである。さらにそのことを長崎さんは、かずよの追悼文として書いて下さった。その大部分を紹介させていただく。


　私たちは、関内からブルーラインという横浜市自慢の二階バスに乗りました。バスの中で、かずよさんは総会に出席した興奮がまだ消えないらしく、当日欠席した私に、その時のようすを話し続けました。

　二階バスは、横浜市の目抜き通りをとおり、「港の見える丘公園」につきました。この公園からは横浜の港が一望できました。

「わあ、いいわねえ。」

　かずよさんは、髪の毛を風に吹かせながら目を細めました。そして手摺りからからだをのりだすようにして、足下にひろがる港の景色を見わたしました。まるで子どものように好奇心にみちた目の色です。

「行きましょうか。」

と声をかけなければ、かずよさんはいつまでも眺めていたかもしれません。

　神奈川近代文学館では、かずよさんが疲れるといけないと思って、展示は見ないで、喫茶店で休むだけにしました。

そのあと、外人墓地に行きましたが、かずよさんはやせてはいましたが、たいへん元気に歩き、よくお話しました。元町公園へくだるあたりで、ちょうど映画の撮影をやっていました。かずよさんは、ここでも好奇の目をみはり、女優さんが公園の柵ぞいに歩くだけのシーンをなんども撮りなおすのを、いつまでも見ていました。そして助監督のような男に「あの女優はなんという人か」とか、「この映画はいつ上演するのか」とか、次つぎ質問をしていました。

「人形の家」には、世界各国の人形が沢山陳列されてあり、ここも最近横浜の名所の一つになった所ですが、かずよさんは何百もある人形を実にたんねんにゆっくりゆっくり見ていました。まるで人形の一つ一つに話しかけているような熱心さでした。せっかちな私は、どんどん見てまわり、ふとかずよさんがいないのに気がついて、あわててひきかえすことが何度もありました。そのたびに、かずよさんは人ごみの中で、ほんとうに無邪気な顔をして人形に向きあっていました。

それから、山下公園にいき、赤い靴の像や花壇を背景に、いっしょに写真をうつしました。

港に面したベンチに腰をおろしましたが、空はよく晴れわたり、海からはそよ風がふいていました。

かずよさんは、ベンチの背にからだをもたせて、とても気もちよさそうでした。

「疲れたでしょう」

というと、

「だいじょうぶ」

と笑いました。

ふと見ると、隣のベンチで一人の老人が何か書いています。何をしているのかしらと、のぞいてみると、なんと大豆に絵や字を描いているのです。またまたかずよさんは、好奇の目をかがやかせて話しかけました。

「一粒おいくら？」

「いや、商売ではない。明日、障害者のためのチャリティで、カンパしてくれた人にさしあげるんです。」

「じゃあ、あたし、カンパしますから、一つ書いてください。」

と、かずよさんは千円札をわたしました。

老人は喜んで、豆粒に絵とかずよさんの名まえを書きました。

書きあがった豆粒を掌にのせてながめながら、「ほんとによく書けてるわ」と、かずよさんは大喜びでした。

かずよさんの喜びが大きかったのと、カンパが多かったせいでしょうか、老人はすっかり気をよくして、私にまでおまけに書いてくれました。

「お年寄りには長生きするようにこれがいいでしょう」

とツルを描き、となりに「長崎源之助」と名まえも書きそえてくれました。

そのあと、私たちは中華街へ足をのばしましたが、赤と青の極彩色の店舗が両側にぎっしり並び、すきまのないくらいの人ごみを見て、かずよさんはまた歓声をあげました。

「どこかで食事しましょう。」

といいましたが、

「食べたくありません。」

と彼女はいいます。私はぺこぺこでしたが、自分だけ食べるわけにもいかず、珍しそうにキョロキョロ見歩くかずよさんとならんで、ただ歩くだけでした。

なんのおもてなしも出来なかった横浜見物でしたが、かずよさんはとても喜んでくれました。

「また来てください。こんどはちがう横浜をご案内しますから。」

「ええ、来ます。ほんとにきょうはとてもたのしかったわ。詩がたくさん出来そうだわ。」

かずよさんは、ちょっとも疲れた様子もなく、元気そうに笑いました。

後日、彼女は、文庫のお母さんたちの「みずかみかずよさんを囲む会」にも出席し、とても機嫌よくお話をしてくれたそうです。そして、かずよさんは、大勢の横浜の人たちに明るい笑顔と優しく良い印象を残して帰られました。でも、いつかまた横浜へ来ることを約束されたのに、もう永遠にいらっしゃれなくなってしまいました。（後略）

かずよは、意気ようようと帰宅し、「本をたくさん買ってもらったわよ」と、怪気炎をあげて、サイン書きに取り組んだ。上京は大成功だった。皆様に感謝感激である。

ところが、六月二十二日に入院。二十五日、三度目の手術に挑戦だった。大腸の一部分が癒着のため寸断状態で、バイパスを付けたということだった。七月二十五日退院し、自宅療養になった。

みんなに歌われるような童謡集と旅の詩集をまとめたい。と、意欲満々だったのである。

＊

中国で詩の絵本出版

みずかみかずよの詩が中国で翻訳され、詩の絵本として昨年（二〇一二年）五月『月亮唱的歌』（月が歌った歌）の題名で、重慶出版社から出版された。雪野《シュエイエ》・主編、陳発根《チェンファコン》・訳、藍雯軒《ランウェンシュアン》・絵で、かずよの詩三十篇が素敵な絵で飾られている。その絵はがきも発行されている。『月亮唱的歌』は昨年中に重版になった。

かずよの詩が、こうして中国の子どもと大人たちに広く読まれている。これにすぎる喜びはない。

『月亮唱的歌』にかかわって下さった中国の方々の言葉が素敵だ。ちょっと紹介させていただく。

翻訳者・陳発根《チェンファコン》さん。「親愛なる小さなお友達へ　大自然には太陽の光、月の光、星の光があって、さらに命にともす詩のきらめきがあります。わたしたちに太陽の光、月の光、星の光、詩の光があって、楽しみながらおおきくなれるのです」

主編・雪野《シュエイエ》さん。「あなたはどの花でしょう(編集後記)」は長文なので、前半を省略させていただく。

「詩人(かずよ)の作品を読むと、きわだった読後感があって——読むほどに、お会いしているような満開の花を感じさせ、その形、色、味わいを感じるだけでなく、花たちのふるいたつような情感にふれるようでした。わたしは絶えず大声で読んで気になっていたのですが、それは「ねむっている」月下美人を起こしてしまうのが不安だったからです。月下美人は「羽根をたたんだ白い鳥」になっていたのです。静かな詩境が私を安らかな気持ちにさせました。

詩人の言葉からは、静かな雰囲気ばかりではなくもっと多いのは、詩境は詩人が燃えている時の情熱によってはっきりしており、明るく美しく、時には華やか(浮世絵の画境のように)です。その時、詩語もまた、ほころびた花のようなつやがあって、詩の格調が高く、まねのできないものです。

『紫いろの風鈴が/チリリリーンとなりわたるひかりが/たたくから/あんなにすんだ/ひびきになるのだろう』(つりがね草)。すんだ〝光のふんどう〟の音がひびくと、『しろいろうそくを／ともしたように／たいざんぼくの／おおきなつぼみやがて／ほっかり／たかい木のうえで／白い花がにおうよ』(白い花)。みどりのろうそくのほのおが、軽やかに跳びはねていて、わたしたちは動けなくなってしまう……。

《きんせんか》は詩人のたくさんの作品のなかで、わたしがもっとも多く読んだ詩のひとつです。『おひさまを／むねにだいて／きんせんかばたけは／おれんじいろのふとんです。あおむしや／さなぎや／ちょうたちが／おおよろこびで／もぐったり／さかだちしたりかぜまで／よこになって／ねむります』。花の海、赤い布団、小さい昆虫たち、もぐり込んだり、逆立ちしたり、にぎわっていても、やがて静かになって、夢の世界に入りこむ。このような作品を一遍一遍軽く吟誦しなかったら、詩人の光り輝く芸術世界と生命の境地に立つことができません。

『いのちを／かがやかせて／ふくふくとかおる』(寒梅)。詩人は、その花です。わたしはころよくおそばに立って風となり、静かに色あせることがない詩を守らせていただきます」

藍雯軒《ランウェンシュアン》さん。

「みずかみかずよさんの詩に絵を描かせていただいたことはたいへん幸せでした。生活はだれにも同じように流れていくものですが、人によっては平凡ななかにも、ちょっとしたわずかな瞬間、永久不変の詩にかかわることもあるのです。それはおとなであろうと、子どもたちであろうと、みんなみずかみさんの詩に感動させられ、その中の愛と美を体験することができるのです。この生活を熱愛した詩人に感謝申しあげます」

Ⅵ

『歌集　生かされて　外科病棟201号室より』

みずかみかずよ

まえがき

昭和五十九年七月胆のう摘出手術、同六十年八月十二指腸と胃三分の二切除手術、同六十二年六月腸ゆ着のためバイパスをとおす手術、同六十三年一月、腸へいそく重症で入院。入院・絶食も七ヵ月をすぎ、体力の回復を待つ間も胆管炎から黄胆になり高熱が続いた。せまいベッドの世界からも、魂の自由、想像力の解放は、大きな世界へと私をつれ出してくれる。

苦痛のなかに身をおいた自分を、さめた目で見ているもう一人の自分がいる。

よろこびのなかに身をおいた自分を、さめた目で見ているもう一人の自分がいる。

どれもが本当の自分であると知ったとき、自分の存在がかけがえのないものに思える。

そしてまわりの多くの人々の真心が真実熱く肌にしみとおる。心から「ありがとう」といえる自分になっている。

なまめき燃えよ

しんしんと深夜の音の冷えまさる痛みのなかできしむベッドよ

年明けてすぐ入院の身ひとつは二十八キロ医師の目真剣

胃と胸に管さしこまれたるこのからだもはや自由は宇宙への飛翔

闇の夜の孤独をおそれ痛みをおそれ腹式呼吸くりかえして耐ゆ

くだけ散る岩かむ波の歯の白さ冬海の荒れ病室の孤独

見通しのない毎日はあてもなく石を投げ打つ少年のゆううつ

やさしくも満ちている血ようすき血よあおき静脈陽にすけて寒し

くまなくもうばわれていたいこの生身なまめき燃えよ今のいのちを

雲焼けるあかあかと焼ける西空のつかの間の華燃えおちて闇

なにもかも大自然の理のめぐり思いをかえてバラを愛しむ

手なづける痛みのからだうるむ熱まるでわたしは病いに恋する

春雷

会いたくて恋しさつのるわがままを君よ許せよかわらぬ心で

うるうるとあふれる涙頬ぬらすおろか者よと恥じてまた泣く

もういいのなにもいらないそう想う心のなかは冬の蒼茫

何ゆえに人の恋しき病床は花あふれても格子なき牢獄

主治医ぶつ力のかぎりぶつわれに主治医おどろきまじまじとみる

春雷のとどろくはてに光彩の快楽《けらく》を見んと心を放つ

傷口を素手で引裂く春雷よみぞれよ風よガーゼのよごれよ

かわりなく柔和な君のほほえみに胸おおう涙言葉わすれて

ひたひたと響き交わすは熱き血か歳月の飛沫こだまして澄む

さりげなく手をのべる友よわたくしの病いの日日の小春日和よ

やすらぎは自分の中に美しく湧いてくるものくみあげてみよ

雪舞い

この苦痛捨てどころなし握りくれし熱き掌のあとだきしめてみる

ほえたてる夜の寒波におびえつつ熱の火照りにうなされて一人

にじむ汗目ざめてみれば夜の闇熱にかわきしのどうるおしたく

ためらいてためらいてのちベルを押す氷まくらの心地よき真夜中

小雪舞う今朝のひとときは美しかれと床に坐りて櫛けずる吾

下からも湧きあがるほどに白きもの花闇かとも夜明けの雪舞い

カーテンをひらけば窓に雪の花初雪はつゆきとびはねてみたい

空気まで清められたる白ゆりにほっと一息いのち洗わる

大判の絹のスカーフ春のいろ心明るくと姉は選びて

三十万ぽんとさし出し元気だせさりげない情甥の瞳《め》の澄み

忙しい仕事のおわりにかけつける君の笑顔全身が笑顔

「じゃあまた」と手をふり別れる朝と夜昔にあったこんなシーンは

新しい顔になってるカレンダー二月の朝にフリージャ香る

ひょうそうの指のほうたい目にしみる君病みてみゆ頭から足まで

胸で鳴る風の音やみあたたかな陽ざしに芽ぶく二月の朝よ

浴槽に身を清められほのぼのと生まれたときの軽やかさ思う

回復をひたすら祈り耐えながら管よりながれる液をみつめる

ＦＭの午後のひとひとき聴きおればモーツァルトが好きかと問われる

あなたにはクラシックだよやっぱりねカラオケテープ持って来し医師

カラオケも上手になれば声たかく天城越えなど楽しむゆとり

読んでみたいみずかみさんの書いた本若き医師の声のうれしさ

五十日絶食よりの日をかぞえ許されたアメ口にころがす

胃も腸も健在なりと思える日掌に伝う波動ことのほか愛し

指は泣く

美しき娘よ今日は結納ね髪つややかに朱金の帯映ゆ

つつがなく結納すみてかけつける父娘の笑みに涙とまらず

「おかあさん」とダイヤの指環掌にのせてそっとだす娘《こ》に吾の指は泣く

結納すみさすがにみな疲れおり「明日またね」と引きあげてゆく

嫁ぐ日も日に日にせまるとカレンダーみつめてふいに涙あふれて

紅じゃけとほかほかおにぎりみそ汁の味なつかしくふるさとの山

「夕食は?」娘にたずね笑われる「カレイのからあげ」に生つばをのむ

ゆったりと時のすぎゆく日曜日娘とふたり食べものの話

六月に出産予定の次女今日も寒風のなか汽車のりてくる

身ごもりて娘はやがて母になる吾の背をさする指に力が

生命のしずく

みちみちる部屋いっぱいの花たちに「立春ですね」と看護婦明かるく

メッセージ「つくしが出てたの」友の声春は来るのねひかりをつれて

待つことはつらいことだと知らされる人を待つのも時を待つのも

今は静静の時だと心澄みアリア聴きつつ目をとじて静

つくしから春がこぼれるほろほろり日がな一日ほろほろほろり

春なのねつくしが胸をふくらませ小さな鉢で背くらべ五本

胡蝶ラン真白な息のやさしさになぐさめられて二月もおわる

大輪のボタン落ち着き気にみちて雨のしずくに生命のしずく

アザレアの鉢にあふれるうす紅に春はすぎゆくわれを残して

入浴の土曜日にはかけつけてシャツ一枚で力こめる君

母の日にカーネーションの花かごをそっと贈るは息子の恋人

身をくだく夜

主治医にも甘えられる幸せをかみしめかみしめ入院七ヵ月

いつの日かきっとなおると信じつついじらしいまで笑顔の患者

てっせんの白が咲いたという庭をなつかしく思うわが家は遠い

ボレロ聴くしだいに心たかまりて幻想の森で身をくだく夜

シャクヤクが咲いたからと医師笑みてわたしの部屋に花の香みたす

シャクヤクの白すがすがし初夏の朝めざめるわれによろこびは愛

咲きたてのシャクヤクの白まぶしくて新しくひかる病室の朝

花の色は移りにけりなと昔人今も変わらぬ生命の痛み

うなだれるシャクヤクの姿目に痛く恋失いし心おもいて

初夏ここに訪れる朝窓ひかる新緑のみどり思えば涙

窓にみる心映して空青く心映して雲ひかる白

あの時に骨まで折れよといだかれて君がすきだとききしこの耳

君くれば君にもたれてつかのまのぬくみいとしみあばよと別れる

たっぷりと湯舟につかり目をとじるたっぷりと君にだかれし日を想い

「おかえり」とベッドで迎える病妻はかんビールにも言葉なき点滅

こつこつとくつ音ひびくベッドには「おかえりなさい」がせめてもの愛

ひかりあれ

平熱の身体にもえる炎ありああこの炎生命のエネルギー

つくづくとかんビール飲むみておればおおらかにすぎる病室のあかり

かんビールぐいと飲みほしチーズ食べ君はカルピスわたしにつくる

湯あがりにひかってるねとほめられて頰のあたりはモーツァルトよ

風はどこ新しい風にあこがれてくるりとまわりアン・ドウ・トロワ

五月晴れ若葉をくぐる風おどり生まれくるものみなひかりあれ

涙涙るるるるるるとあふれくる不安あせりのせりあがる日

スメタナの交響詩きく雨の朝紅バラのつぼみしずかにハミング

わが身は景色

動脈のホットな治療明日になり不安と期待で眠れぬ緊張

痛みにはなれているとはいうものの注射針には拒絶反応

治療のためてい毛しますと看護婦はシャボンのあわにカミソリの音

まるい山こんもりたかくさびしそう人間じゃないよこれは景色さ

バラたちは一日歓声あげたのねふいにぐったり発熱のかお

脳天をつきぬける痛みこらえてもこぼれる涙こらえきれない
明日治療耐えられますねにうなずくも今みる西空あかくふるえる
信じるも信じないのもこのお顔童地蔵にそえられた言葉
ねつがないあたり前のことありがとうスープ飲みたいガスがでたなど
つぼみがすきじっとみているただじっとひかりの鼓動にいのち透るを
君はまるで陽をすいこんだ枯葉道ふかふかふめば足うらやさし
かかわりをもってはじめて人を知るかかわりながら愛はふかまる
手術にも治療するにもまるはだかつくづく思うわが身は景色

よくみればシャクヤクバラもまるはだか若葉の風も大空の雲も

新しいピエロ

音をみる入江のざわめきの名曲にあかねの夕日きんのさざ波

君がいてわたしがいて日がくれてカーテンしめてさらばと別れる

髪を切る思いきりよくさくさくと鏡の中の新しいピエロ

ボレロには野性の乱舞酔心地単調なリズムの精巧なしかけ

「どうでした」「とてもいいです」「おわりです」麻酔のせいかぐっすりねむる

たっぷりと充電できた心地してバックミュージック流されての治療

新しいこの療法がきけばいいな三週ごとに三回するという

きめてがない主治医悩ますこの病いどうしてくれるシロクロきめてよ

こんな妻捨てたいでしょう問うてみる「どうかなあ」と主治医困らす

自分でも自分が捨てたいこの修羅を点滴のしずく捨てさせはせぬ

日ごと夜ごと悲しみの砂降りつもる砂地獄に住むふるえながら住む

がんばれよそれしかないの私にはくやし涙があなたにはわからない

シャクヤクがつぼみのままで散った朝つぼみの重みあつめても軽い

ひかり透かせて

海をきくまき貝耳にしんしんと潮風をきくむつごとをきく
まき貝の心に深くうずまくは愛のいとなみかずかずのうた
打ち上げよわがいのち花火にしてクジャクサボテン炎の花よ
燃えているクジャクサボテン熱き血を六月の雨消せぬ火のいろ
妻でもなく母ともいえぬ病む日日は自分に向き合う自然の旅人
花ショウブすっきり背すじさわやかに紫白の六月の空
すがすがし言葉をひらく花ショウブしずかな朝のひかり透かせて

はんなりとショウブの白に洗われて生かされている今のまぶしさ

生かされて

副作用頭髪つるりとみなぬけてかずよ上人と主治医ほほえむ

まぶしくも月下美人の咲く時間息をこらして正座して待つ

一夜かぎり月下美人のよろこびは闇夜に燃える息づかいの香気

夜を待ちて月下美人のゆめみるはいのちのしずくで咲きみちるとき

夜は明けていのちをたたみうなだれる月下美人の美しい終息

長崎の旅の帰りに訪れし君の頬ずり言葉よりうれし

やせたねとタオルケットをそっとかけ掌をとる君の深き瞳《め》のおく

君うれし言葉さがすも言葉なく頬すりよせて吾をなぐさむ

テッセンを切花にしてびんにさすかずよの好きな花だからと君

足をもむ君の力に悲鳴あげちぢみこむ吾の足うらをうつ

シュウランは目だたぬ色の花だけど花芯の蜜のしずくしたたる

フルコースフランス料理目にうかべ共に出来る日主治医と約束

いかがですかやさしさ匂う白衣の人よ弥陀の心にいだかれる日日

くやしさも熱も痛みもいらだちもみな生かされて今を受け止む

あとがき

　この歌集の校正が出たあと、腸へいそく治療の途中で心臓の周囲に水がたまり、呼吸困難になり酸素吸入の助けを受けたり、尿の出も悪くなったりで、一時は大変な時期もありました。

　人間の生命は小さくはかないものですが、大きな力に守られていることをしみじみ感じます。

（一九八八年九月三十日）

◉みずかみかずよ（水上多世）略年譜

一九三五年四月一日、福岡県八幡市（現・北九州市八幡東区）に生まれる。

一九三九年、四歳で父・浅野繁吉を病気で失う。

一九四二年、八幡市立尾倉小学校入学。同年、母・タマヱが亡くなる。両親を失い、大阪府に住む義姉の姉や兄のもとで生活することになる。

一九四五年、四年生で終戦を迎える。翌年兄が復員、八幡での生活にもどる。

一九四八年、尾倉中学校入学。神塚先生と出会う。

一九五一年、福岡県立八幡中央高校入学。文芸部で活躍。

一九五三年、高校三年生のときに兄が私立尾倉幼稚園を設立、手伝い始める。卒業後、私立尾倉幼稚園に勤務のかたわら童話や詩をつくり始めた。

一九五八年、「小さい旗」に参加。水上平吉に出会う。同年十一月に結婚。一男三女をもうける。

一九六七年、平吉が数年の転勤後本社勤務となり、翌年「小さい旗」を復刊。夫婦で会活動の中心となる。

一九七四年、「愛の詩キャンペーン」に応募した「愛のはじまり」が金賞一席を受賞。

一九七六年、「小さい旗」に掲載されていた詩について椋鳩十氏から葉書が届く。

一九七七年、詩集『馬でかければ』（葦書房）を皮切りに、次々と作品が本になる。『みのむしの行進』（79年）、絵本『南の島の白い花』（80年、いずれも葦書房）、『みずかみかずよ少年詩集 こえがする』（83年、理論社）、『ごめんねキューピー』（83年、佑学社。のち石風社で復刊）。共著に『犬となでしこの服と和平どん』（71年、小さい旗同人編、牧書店）がある。

一九八〇年、「あかいカーテン」が小学校こくごの教科書に掲載、以後、作品が教科書に掲載されるようになる。「ふきのとう」「金のストロー」「馬でかければ」「つきよ」「けやき」「ねぎぼうず」が採用。

一九八一年、平吉と夫婦で北九州市民文化賞を受賞。

一九八四年、この頃から身体の不調を訴えるようになる。胆のう摘出手術。

一九八五年、胃と十二指腸切除手術。

一九八六年、日本児童文学者協会創立四十周年と「小さい旗」創刊三十周年を記念して「講演と朗読のつどい」開かれる。会場で自作詩を朗読。

同年、「遺書のつもりの私の三冊」として、童話集『ぼくのねじはぼくがまく』、詩集『小さな窓から』、詩とエッセイ集『子どもにもらった詩のこころ』を石風社から刊行。

一九八七年、日本児童文学者協会総会に出席。六月、大腸の癒着にバイパスを通すための手術。

一九八八年一月、腸閉塞重症で入院。十月三日永眠。五十三歳。

同年、詩集『うまれたよ』(グランまま社)、詩の絵本『きんのストロー』(国土社)、歌集『生かされて』(石風社)出版。


没後、少年少女のための合唱組曲『燃える樹』(91年、吉田峰明作曲、音楽之友社)、『みずかみかずよ全詩集　いのち』(95年、水上平吉編、石風社、丸山豊記念現代詩賞受賞)が上梓される。中国で詩の絵本として『月亮唱的歌』(月が歌った歌、12年)が翻訳出版された。

あとがき

不治の病魔におそわれた妻かずよの日々は、ぼくにとって尋常なものではなかった。が、くよくよしてはおられなかった。最後の入院は浴室つきの個室を借りていた。

ぼくは朝、出勤の途中、新聞と郵便物などを持参して立ち寄り、かずよの様子を聞いて出社し、帰途は、缶ビールを一つ買って病室に立ち寄るのが日課となっていた。

浴室がつかえる時は、勤務中でも抜け出して、入浴させるように心がけていた。かずよは風呂が大好きで、赤ん坊のようによろこんでいた。時にはベッドに添え寝して、若い看護婦さんから「あらあら」とか「まあまあ」などと冷やかされることもあった。

そのころ、ぼくは新聞社内の西部厚生文化事業団事務局長という福祉関係のポストについていた。小所帯の職場で、スポーツや展覧会などを催す企画部と同室であった。意外と出張も多く、中国に行ったり、九重の朝日キャンプ場に行くことも多かった。そんな時は、毎日のように絵はがきを送って、かずよを励ましていた。かずよから目を離すことはできなかった。

ぼくらにとって三人目の娘まどかの結婚式が一九八八年四月におこなわれることになったが、もうかずよは出席できそうになかった。せめて家から送り出したいと願って、病院の許しを得てなんとか三時間だけ家に帰ることができた。花婿、花嫁が礼装でかずよに花束をプレゼントしてくれて、喜びをともにしたのがやっとだった。

ぼくも、東京本社での会議の連絡を受けて、かずよの状態がよければ行くつもりにして、病室に詰めていた。だが、その前日になって、病状はいちじるしく悪化した。心臓の動きをキャッチする器機の音が異常になっているように感じられた。もう出張どころではなかった。午前三時すぎだったと思う。機械音が止まった。

すべてが終った。うつろな思いで、その瞬間、なみだもこぼれなかった。


かずよは、病いとの闘いの日々を短歌にして綴っている。それは『歌集 生かされて――外科病棟201号室より』として出版された。かずよの闘病の思いを知って頂くために、全文を収録した。

思えば、かずよと出会い、かずよと愛をわかちあい、かずよと共に生きて二十九年たっていた。かずよは平吉にとって過ぎたる妻であり、同志であった。
かずよはすぐれた資質をもった女性であった。その資質を存分に発揮する上で、ぼくはちょっぴりお手伝いができたのかなあと思ったりしていた。がんに侵されさえしなければもっともっと羽根を広げて宇宙に飛翔したことだろうと思われてならなかった。

二〇一三年夏

水上平吉

水上平吉（みずかみ　へいきち）

1932年山口県に生まれる。北九州大学卒業。児童文学誌「小さい旗」主宰。日本児童文学者協会評議員。日中児童文学美術交流センター、中国児童文学研究会、日本子どもの本研究会会員。訳書に『おさげのパオチェン』（太平出版社）、『雪原のうさぎ』（石風社）、共訳『ニーハオ！小坡』（太平出版社）、共著に『児童文学のふるさと――47都道府県別児童文学案内』（文渓堂）、『福岡県の民話』『山口県の民話』（偕成社）、編著として『みずかみかずよ全詩集　いのち』（石風社）がある。

現住所　福岡県北九州市八幡東区尾倉3-7-10（〒805-0059）

かずよ　一詩人の生涯

二〇一三年九月一日初版第一刷発行

編著者　水上平吉
発行者　福元満治
発行所　石風社
〒八一〇―〇〇〇四　福岡市中央区渡辺通二―三―二十四
電話　〇九二（七一四）四八三八
FAX　〇九二（七二五）三四四〇
印刷製本　シナノパブリッシングプレス